CRYSTAL BUNKO
クリスタル文庫

剛しいら

シンデレラを噛え

JN265946

シンデレラを嗤え

カバー&本文イラスト　石田育絵

ある朝目覚めたら巨大な虫になっていたで始まるのは、確かカフカの『変身』だ。全共《ぜんきょう》闘《とう》世代の伯父が、まだ私が中学生だった頃に読むようにとくれたのだ。

当時はカフカの意味も分からずに、パニックSF小説なのかと思って読み出したが、半分も読まないうちに挫折して、内容はほとんど覚えていないが、最初の文章だけは今でもこうして時々思い出す。

虫か。

虫にはなりたくないが、目覚めたら別の存在になっているのはおもしろいだろうな。自分が嫌いってことはないんだが、三十八歳になる今日まで、たいしておもしろいこともなかったせいでそう考えるのだろうか。

私の仕事は区役所の『すぐやる課』。住民の苦情を直接聞く窓口だ。担当することになって三年。毎日、毎日、担当部門と住民の間の橋渡しに走り回り、胃に大きな穴が空《あ》きそうな日々を過ごしている。

「お待たせいたしました。『すぐやる課』課長の灰原眞利《はいばらまさとし》と申しますが」

陳情に来ている町会の会長と副会長に、応接室で名刺を差し出す。

「下水道課と道路整備課に何度も言ったんだけど、側溝《そっこう》の蓋ねぇ。老朽化して割れてるんですよ。あそこは通学路になってんだから」

五十代だろう、壮年の男二人の鼻息は荒い。住民税を払ってやってるのは俺達なんだぞと、正論を楯に強気だ。

「年度予算の関係でって言われたのは去年だよ。その後どうして予算申請しなかったの」

そりゃあもっと優先しなけりゃいけないことが山積みだからだよ、と言ってやりたいが、わざと私は丁寧に説明する。

「夏の豪雨で思わぬ被害が出まして。ここはとりあえず、割れている部分だけを至急交換するという折衷案《せっちゅうあん》でいかがでしょう」

「二度手間でしょうよ」

だが下水道課に言わせれば、そんな金はどこにあるんだとなるだろう。大型台風が来てまた河川が増水すれば、それだけで臨時予算は吹っ飛ぶ。

「危険箇所を点検して、その部分だけは最優先でやらせますので」

最優先と言っても数ヶ月は掛かるだろうな。その間彼らは、毎週のように直接私に苦情をぶつけてくるわけだ。

その後、下水道課に、その地域なら来年度全面補修するのにとまた文句を言われながら、どうにか破損箇所の点検と交換を確約させることが出来た。

無理なのは分かってるけど、そこをどうにか。住民あってのことだから。いつも口にする言葉を何度言ったことか。

双方の言い分がそれぞれ正しいだけに、間に入る人間としては非常に辛い。人より高い身長を折り曲げて、一日卑屈になって懇願を繰り返す。

嫌な仕事だな。

いっそ虫にでもなりたい気分だ。

定時になったので帰ろうとしたら、部下の職員が小さな声で話しかけてきた。

「灰原課長。あの…相談に乗ってもらえませんか」

「金の相談以外ならね」

「そんなつまらないことじゃないんです」

ではどんな素晴らしい相談なのかというと、居酒屋で聞かされた話は退職したいというだけだった。大学を出て区役所に就職したものの、これは自分の思っている人生とは違うと、酔った若者は私に愚痴る。

相談なんて言って誘っておきながら、人の話なんて聞いていやしない。一方的に自分の話ばかりしている。だがそこで話を聞いてやらないと、上司が冷たくてとまた他で愚痴を言うのだ。

「そんなに嫌なら辞めればいいじゃないか」

ビールの泡を見つめながら、私は思わず冷たく言ってしまったが、それは自分に向けられた言葉のように聞こえた。

「再就職難しいじゃないですか。親はすぐに大学まで幾らかかったんだって、金の話で脅してくるし、いっそ引きこもってやろうかな」

「君も虫になりたいのか」

私は思わず言ってしまったが、この若者はカフカなんて読んでいないのだろう。

「いえ、僕なんて虫けら以下ですから」

と、叫んで新人は泣き出した。

一日住民からの苦情を聞いて、帰りにはこれだ。うんざりする。

呑んだのは相手の方がずっと多いのに、帰る段階になって払う金額はこっちの方がずっと多い。それだけしてやったって、明日になって仕事を頼むと、僕には出来ませんと素晴らしい返事が返って来るのだろう。

そんなものだ。今時の若者なんて。

呑むだけ呑んで、泣くだけ泣いたらすっきりしたのだろう。部下はもうけろっとした顔をして、また明日とだけ挨拶して帰っていく。

疲れた。

虫は疲れないのだろうか。だったらいっそ虫になった方がましかな。

駅前をバス停目指して歩く。定時に帰るより今の時間の方が混んでいる。

憂鬱な気持ちで歩いていたら、いつもは目にも入らない占いがなぜか気になって立ち止まっていた。

「これだけ分占ってくれませんか」

髪の長い、若いんだか年寄りだか分からない男に、千円札を差し出した。占い師は気のない様子で生年月日を聞くと、申し訳程度に私の手のひらを開かせて覗き見た。

「開運の秘訣は、この一ヶ月間は何事も思ったことと逆をやることですな」

もったいぶって言う割には、つまらない内容だな。

「それだけですか」

「はい。それで開運します」

「逆か。そんなことやればとうにやってる」

「何もやらないから、思うようにいかないんでしょう」

確かにその通りだ。

「やってみてから文句は言うものです」

真実だな。

適度に酔っているせいか、傲慢《ごうまん》な占い師の口調に腹も立たない。

「そうか。そうだな…。逆もまた真なり」

私は虚しく笑ってまた歩き出した。

家には同い年の妻と、彼女の両親、それに十歳になる娘がいる。そんなに遅く帰ったわけでもないのに、すでに皆自室に引き払ったのか、リビングにもダイニングにも人影はなかった。

この家は妻の実家で、子供が生まれてから同居している。両親はアパートや駐車場を持っているので、私達が生活の面倒をみてやる必要もない。むしろ助けられているのは私達の方だろう。

フラワーアレンジメントの講師をしている妻は、両親に子供を預けて安心して働いている。それだけじゃない。私の安月給じゃ出来ないような贅沢《ぜいたく》を、子供にもさせていた。

家賃もいらないし、何かと援助付きだ。一人娘に金を掛けて何が悪い。自分がそうやって育てられたからと妻は言うが、夫の立場としてはあまりおもしろくない。

ダイニングでお茶をいれて飲みながら、昼間購入したｔｏｔｏの用紙を取り出す。無趣味な私の唯一の楽しみがこれだ。

これでも大学まではサッカーでちょっとは知られた選手だったんだ。チームメイトの中には、実業団チームに入ったやつらもいたが、Ｊリーグに昇格してからは名前も聞かない。

私にも実業団から誘いはあったが、安定の道を選んだ。新聞のスポーツ欄に彼らの名前が出る度に、苦《にが》い後悔を味わったものだが、どちらが正しい選択だったのか今では分からない。華々しく思えた彼らは、今頃どうしているんだろう。

一口百円。マルチなら九十六口。シングルなら十口まで申し込める。私はいつも三口までと決めているので、シングルで充分だ。あれこれ予想をしながら、二つの予想を書く。最後の一つになった時に、ふと占い師に言われた言葉を思い出した。

「何事も逆にか…」

では彼を尊重して、全く逆に書いてみよう。勝ちは1。負けは2。引き分けは0だが、引き分けだけをそのままにして、全く逆にしてみたらどうだ。

どうせ百円だ。缶コーヒー一本飲むよりも安い遊びなんだから。

「呑んで来るって言ったから、何にも残ってないわよ。おなか空いてるの?」

声に振り向いた私は、思わず叫びそうになった。顔に真っ白なマスクを貼り付けた妻が、薄暗い廊下からいきなり顔を出したのだ。パックだとは知っているが、目元と口元だけがぽかっと開いたマスクは、夜中に目にするにはあまりにも不気味な代物だった。

「いや…お茶が飲みたかっただけだよ」

「夜中に食べると太るわよ。私、朝早いから、もう寝るわね」

「ああ、おやすみ…」

妻はさっさと自分の寝室に行ってしまう。私の男としての役目はとうに用済みで、寝室も別ならそこに呼ばれることもない。

せめて話し相手くらいしてくれてもよさそうだが、共通の趣味もなく、話すことといったらせいぜい娘の話題くらいしかない。それならいっそ、お互いに好きなことをしている方がずっとましだ。

いや…本当にこれがましな生活なのか。

ｔｏｔｏの用紙を前に考える。

一つはもっともありふれた安定した答え。多少の違いはあっても、もう一つもほぼ同じような答えだ。

そして最後の一つ。

全く逆の答えがそこにある。

元を取れればいいと、安定した線を狙った籤《くじ》は大当たりすることもない。たまに三等の僅かな当選金が入って、それで次の籤を買う資金になるくらいのものだ。

それは私の人生そのものに思えた。

大当たりもないが、大外れもない。

ささやかな喜びはあるが、昂奮するようなことは何もない。

当たったからといって、それで何をしようという夢すらもうなくなっていた。

逆に向けての発想か。

妻に言ってやろうか。いくら十年を過ぎた夫婦だからって、メンテナンス中の顔なんて見せるな。化粧したよそいきの顔を見せろとまでは言わない。せめて普通の笑顔を見せたらどうだ。

給料を運んでくる夫としてではなく、娘の父親だからではなく、一人の男として私をもう少し尊重したらどうだ。愛情なんてささやかな思いやりで充分示せるものなんだぞ。

そう言ってやったらどうだろう。

言えないのは、今の生活が幸せだと思っているからだ。それを逆に考えてみろ。こんなに不幸な生活はない。誰にも尊重されず、一日人に頭を下げているだけの生活なんだぞ。

「壊す勇気なんてないさ。もし…こいつが当たったら…してやるけどな」

最後の籤を見つめる。

これが当たったら、試しにこの生活を捨ててみようと思った。それこそが本当の賭けになることくらい、充分知ってはいたが。

『変身』をきちんと読まなかったことを、今では深く後悔している。虫になった男に対して家族がどういった態度を取ったのか、今ならよく分かっただろうに。困ったことになった。Ｊリーグの試合結果を見る度に、どんどん不安は募《つの》っていく。予想が次々当たっているのだ。

このままじゃ私は今の生活を捨てないといけなくなる。それこそ家族にとっては迷惑この上ない虫になってしまいそうだ。

別に神に誓ったわけでもない。友人と賭けをしたわけでもない。何事もなかったように、今の生活を続けていけばいいだけのことだ。だが私の中に生まれたもう一人の私が、どうせなら行くところまで行っちまえとけしかけるのだ。

何もかも捨てて楽になれ。日々そう脅迫されているように感じてしまう。

今回の籤での、最終予想試合。結果を見て運命を感じた。十三試合の勝敗、すべてが当たってしまったのだ。これまであんなに苦労して、悩みに悩んで書き込んだ予想はほとんど当たらなかったのに、逆に書いたら大当たりだなんて、皮肉過ぎる。

今の投票状況からしたら、賞金は恐らく何千万かの金額になるだろう。退職金よりもはるかに大きな金額を手にいれることになるのだ。

それで何を買うんだ。

自由…なんだろうな。

当選が確定した翌朝、住民課に行って離婚届を手に入れた。顔見知りの職員は、私を見て笑って言う。

「頼まれたんですか？　自分で取りに来るの恥ずかしいと思う人って、結構いますよね」

いや、ここに私の名前を入れて、近日中には持って来るよと言いたかったけれど、笑って誤魔化した。妻がすんなりと判子《はんこ》を押すとは思えなかったのだ。

名前を書いて、判を押した。それを手に、夜中妻の部屋を訪れた。

「なぁに？」

顔中にクリームを塗りたくっていた妻は、また小遣いが足りないのかといった顔をする。何年も拒絶され続けたせいか、パジャマ姿の妻を見ても、欲望は欠片も湧き上がらない。

「うん…これ出しておいてくれ」

「出してって…これ、離婚届じゃない」

いきなり離婚を切り出されて、妻も困惑しただろう。

「あなた何考えてるの」

「占いがそう出たんだ。退職金は全額あげる。落ち着いたら、娘の養育費の話をしよう」

「…その前に病院行ったら？」

占いを信じた結果なんて言ったもんだから、頭がおかしくなったと思われたようだ。私だって驚いているんだ。自分にもまだそんな勇気があったなんて知らなかった。紐の強度も確かめずに、バンジージャンプに挑戦するようなものだよ。

地面に衝突。

まぁそれもいいか。

激突する前に、楽しい思いが少しでも出来ればいいんだ。

「退職金って、仕事辞めるつもりなの」

「ああ、辞める」

「何、情けないこと言ってるのよ。責任感ってものがあなたにはないの。子供みたいに」

私が黙り込むと、妻は一方的に非難を始めた。その言葉は耳慣れないラップのようで、私の眠気を誘うばかりだ。

妻が化粧落としをしている鏡に、私の姿が写っている。疲れたしょぼくれた男が、大きな体を卑屈に屈《かが》めて項垂《うなだ》れていた。

「いやぁねぇ。人の話なんて聞いてないでしょ。病院行きなさい。三ヶ月は保留にしておくから」

乱暴に妻は用紙を引き出しに押し込んだ。

「一ヶ月でいいよ」

それだけ言うと私は自室に戻って、鼻歌を歌いながら荷物の整理を始めた。

翌日には区役所も辞めた。

一身上の都合という、素晴らしい言葉を利用させて貰った。まさか私の方が先に辞めるなんて、愚痴ばっかり言っていた部下は予想もしていなかっただろう。君に足りないのは勇気だよと最後に言ってやりたかったが、そこまで私もお人好しではない。

妻の提案で、正式な離婚まで三ヶ月の猶予を置くことになった。私が仕事で疲れていて、軽い心身症にでも陥っていると疑われたようだ。確かにそれもあるかもしれない。離れてみるとこれまで見えなかった真実が、より鮮明に浮かび上がってくるのだろうか。

とりあえず家具付きの月極賃貸マンションを借りることにした。契約を済ませ、浮き浮きと家を出ていく私を、家族は遠くから見送る。やめさせようとして、逆に私が切れたら怖いとでも思ったのだろうか。

僅かの荷物を手に引っ越してから、当選金を受け取りにいった。

当選金は三千万近くあった。

「んっ…」

　ベンチプレスのついたマシーンの使い方が分からずに、苦労していた。最新式のマシーンはどうも苦手だ。

　一人になって一週間、まず私が手始めにしたことは自分に投資することだ。これまでは行きたいと思いつつ諦めていたスポーツジムに通い出す。役所勤めで緩んだ筋肉を引き締めて、張りのある健康的な肉体を再び取り戻したかったのだ。

「手伝いますよ。足はしっかりと固定した方がいい」

　夕方のジムは混んでいる。インストラクターは忙しそうで、入所から一週間過ぎた私のことを初心者だからと甘やかしてくれるつもりはないらしい。見かねたのか、よくジムで顔を見かける男が、親切に救いの手を差し伸べてくれた。

「どうもすいません。旧式のしかやったことないもんで」

　思わず照れたように笑って誤魔化す。

「最近よくお見かけするけど」

　男は笑顔を浮かべて言った。

「一週間前から来てます。なまってたんですね。筋肉痛がすごくて…」

「すぐに慣れますよ」

男は私がマシンに固定されながら、必死に足を動かす様子をじっと見ている。人に見られると恥ずかしいものだが、手伝ってもらった手前、彼の教え子のように素直にやってみせた。

夕方は混むのが分かっているのにわざわざこの時間に来るのは、まだ多少の見栄がある証拠だ。いい年をした男が、昼間仕事もしないでジム通いというのはやはり気が引ける。

いずれはどこかに再就職しようとは思うが、おかしな占いが限定した一ヶ月の間は、自由に暮らしていたい気がする。案外一ヶ月が過ぎたら、憑《つ》き物が落ちたように冷静になって、何て馬鹿なことをしたんだと自分の愚かさを後悔しているのだろうか。

「よろしければスカッシュ、付き合っていただけませんか。相手してくださる方があんまりいなくて」

言われて私はスカッシュのコートを思わず見ていた。

「いや…やったことがないんです」

「テニスは？」

「テニスも」

「すいません。体つきが…その…テニスか何かやってたように見えたので」

そうか。太股の筋肉を見たんだな。足の筋肉はまだそれほど衰えていないということだ

ろう。笑いながら私は太股に目をやる。

「足の筋肉はサッカーなんですよ。素人でもよければお相手しますが」

「いいですか」

男は嬉しそうに笑った。

年は幾つくらいだろう。私より年下の筈だ。清潔感のある短めの髪や、センスのいいスポーツブランドのウェアをさりげなく着こなしている様子から見ると、私とは異世界の住人だろうな。

この一週間、ほとんど誰ともまともな会話をしていなかった私は、人恋しさからかつい誘いに乗ってしまった。せまい室内でやる壁打ちテニスみたいなもんだろうと甘く考えていたせいもある。

「一人でも出来るんですが、やはり相手がいないとね。ボールの返りの意外性がおもしろいんですよ」

スカッシュコートの申し込みをしながら、男は笑顔を崩さずに話す。柔らかな声の感じからすると、ホワイトカラーの仕事に就《つ》いているように見える。

「夏神洸一《かがみこういち》といいます。後ほど名刺を」

「いや…名刺なんていいですよ。灰原です。ここでは仕事は抜きで…」

巧みに私は誤魔化す。肩書きに無職と付くのにさすがにまだ慣れていなかった。

「ルールは簡単です。壁に当てて返ってきたボールを打ち返すだけ。ワンバウンドかダイレクトで返してください」

「小さいんだな」

テニスボールよりもはるかに小さいゴム製のボールを見て驚く。

「テニスっていうより、バドミントンですか」

「結構抵抗ありますよ」

コートに入ると、夏神は慣れた様子でボールを足で踏んでいた。

「何回かぶつかって熱くなるとよく弾むんですが、最初は堅くって」

「ガキの頃に遊んだスーパーボールみたいだな。そういえばよく学校の壁にぶつけて遊んでましたよ」

「ボールが小さいからって安心してると、これが疲れるんだな。足、大丈夫ですか」

言われて私は少しむっとした。そんなに年寄りに見えるかな。この一週間、鬚を伸ばしているままなので、余計に老けて見えるのかもしれないが。

幾つ年下なのか知らないが、彼だって三十は超えているだろう。まぁ私よりも若々しいのは認めるけどね。

夏神は最初、初心者の私に対して親切に、ゆっくりと打ちやすいボールを返してくれた。そうやって打ち合いながら、あそこのラインに入ったらアウトだとか、床に当たった数が二回を超えて打ったらアウトなどのルールを詳しく説明してくれる。

思ったよりもずっとハードなスポーツだった。テニスよりも動きが速く、バドミントンよりもボールに対する抵抗がある。壁の当たり所が悪いと、ボールは思わぬ方向に飛んでいって打ち返すのに苦労した。

そのうち私は我を忘れてゲームに夢中になっていた。何年ぶりだろう。こんなに無心になって遊べるなんて。二十七で結婚するまでは、それでもまだ趣味でスポーツをやる余裕もあったんだが。

休日は家族サービスのためだけにあったようなものだ。妻と両親、それに子供を連れて普段は乗らない車に乗り、行きたくもない観光地か買い物に行くだけの休日。自分が好きなスポーツ観戦に出かけようものなら、無言の非難が帰宅後の私を出迎える。

そんな生活をずっと続けていたせいで、好きなスポーツをする楽しみすら忘れていたんだな。肉体が思いに付いていけているとは言えないが、心は遥か昔に知っていたスポーツによる高揚感をまた味わっていた。

「本当に初心者ですか？」

休憩の合間に、夏神はそれとなく聞いてくる。

「いや、本当に初心者です」

「それにしちゃうまいな。わざと返しにくい所を狙ってくるあたり、こつをもう摑んでるじゃないですか」

「えっ、そうですか。いやぁ…照れるな」

褒められて悪い気はしない。私はその程度の単純な男だったんだと思い出す。

「明日も付き合っていただけると嬉しいんだけどな」

さりげなく夏神は切り出す。私にも異存はなかった。

「喜んで付き合いますよ。最初はもっと単純なゲームなのかと思ってたんだが、これはかなり知力と体力を使うスポーツですね」

「偶然性が左右するところも、テニスと違っておもしろいでしょう」

夏神はタオルで顔を拭っている。その顔を何気なく見ていた私は、そういえばこの男、かなりいい男なのではないのかと改めて気がついた。

男の顔なんて興味がなかった。毎年新しく入ってくる新人の中には、顔やスタイルだけなら、何も役所勤めをしなくても、タレントでやっていけそうなやつらが何人かいる。だが彼らがその美しさを何年も維持するのは難しい。数年後には皆、同じように疲れた大人の顔になる。

責任感や能力が身に付いて、大人のいい男の顔になるまで何年もかかるのだ。その間は顔立ちが多少よくても、女達の興味は惹くだろうが、私のような男にとっては何の価値も意味も感じられない。男は顔でなんか相手を評価することはないからな。

彼の顔は評価しなくてもいい。整っているということだけではなく、優しいだろう性格が滲み出ているように思う。

夏神は三十をいったかいかないかで、こんな穏やかな顔立ちのままなのか。きっと社会で揉まれていないんだろう。いいとこのぼっちゃんなのかもしれない。

私は出口のガラス扉に写った自分の顔を見る。

男として成熟するには若すぎ、かといって若さからは徐々に見放されつつある男の顔だ。髭を生やしたその顔には、美しさもなければ精悍《せいかん》さもない。あるのはせいぜい達観《たっかん》したような、いや、醒めたとでも言うべきだろうか、これまでの自分を否定してしまった情けない男の顔ばかりだ。

「灰原さん。もう一セットやったら、食事、どうです？　それとも家で誰かが待ってるのかな」

「いや、待ってるやつなんていませんよ。いいですよ。付き合います」

家にいた時の食事時間は毎日六時。その時間までに帰れなければ、一人で食べることになる。定時に仕事は終わらない。真っすぐ帰れる日のほとんどなかった私は、毎日一人で食事していた。

こうして一人になって食事をするようになっても、たいして違和感を感じないのはそのせいもあるんだろう。

「今、死ぬほどビールが…飲みたいんだが」

思わず零《こぼ》れた私の本音に、夏神は綺麗な顔を崩して笑っていた。

夏神と行ったのは、ビール会社直営のレストランだった。この時間になると客のほとんどは大人だ。私達は十年来の知己《ちき》のように、仲良く生ビールで乾杯していた。

「いらないと断られたけど、一応名刺を」

差し出された名刺には、『夏神クリスタル』代表取締役の名前があった。

「クリスタル？」

「国産、外国産、様々なクリスタル製品を取り扱っているんですよ。店舗は裏に」

名刺の裏には都内と横浜、それに千葉にある店舗の住所が書かれていた。

「お若いのに代表取締役ですか」

「三年前に父が亡くなったんで仕方なくです」

自慢気にしている様子もない。やはり生まれつきのおぼっちゃんはどこか鷹揚《おうよう》だ。

「灰原さんは？　当ててみましょうか」

私は曖昧に頷く。無職だとズバリ当てたらたいしたものだ。

「ライターかデザイン関係？　それとも設計屋さんかな？」

「クリエイティブな仕事してるように見えますか」

ちょっと前までしていたのは、区役所の『すぐやる課』。早い話が住民の苦情受け付け窓口だ。そこで米つきバッタのように、一日頭を下げていたというのに。

クリエーター？　鬚のせいでそう見えるんだろう。

「違ってました？　危ない仕事してる人には見えないな。灰原さん、優しそうだから」

夏神は言ってから照れたような顔をする。

「こんな鬚面で、優しそうに見えるかな」

役所勤めの時には鬚禁止だった。その反動でか剃らないままにしていたが、そろそろ手入れするか剃らないといけないのかもしれない。再就職の時は、当然剃るだろうし。

「仕事、教えてはくれないんですか」

「まぁ、そのうちに…」

言葉を濁して誤魔化す。そうしているうちにふと、ここにいる自分はいった誰なんだろうと疑問に感じた。

もう区役所の職員でもない。夫でもないし、父親でもない。ただの灰原眞利という男がいるだけだ。

ただの自分。

肩書きもない素のままの自分しかここにはいないのだ。

そうなってみると、では自分とはいったい何だろうと不思議に思えてくる。

自分探しなんて、十代の時にやるもんだ。男もこの年になったら、確たる自己を築いていなければいけないのだろう。

なのに私には、自分と呼べる確かなものが何もない。肩書きを持たない私とは、いったいどんな男なんだ。

「僕は別に詮索好きなわけじゃないんです。すいません。気分を害されましたか」

夏神は困ったような顔をしている。悩み始めた私の顔には、きっと険悪な表情が浮かんでいたのだろう。

「いえ、そんなことはありません。実は…今無職なんです」

何だ。言ってしまえば簡単じゃないか。初対面の相手に見栄を張ったところでしょうがない。相手は生まれた時から、親の会社を引き継ぐことが決まっていた男だ。区役所の職員だろうと無職だろうと、差はすでに歴然としている。

「リストラですか。まだお若いんでしょう」

「自主退職です。ちょっと思うところがあってね…」

夏神はさらに聞きたそうな顔をしている。リクエストに応えて、私はつい本当のことを口走ってしまった。

「ある朝目が覚めたら、虫になってた気分なんです」

「カフカですか？　あれは戦時中の閉塞感《へいそくかん》が書かせた名作だけど、現代にも通じる見事な寓話ですよね」

　ほう…夏神は私が挫折したあの小説を読んでいるのか。

「分かるな、それって。僕もたまに現状から逃げ出したくなりますよ」

「こんな会社を経営してるのに？」

　金もあるだろうし、社会的な尊敬も集めている筈だ。それこそ贅沢だろう。

「羨ましいです。自分の力で現状を変えられるなんて。僕には出来ないので」

「名前が洸一って、長男なんですか」

「一人っ子ですよ。だから僕以外にあの会社を継げる人間がいなかったんです。他人に譲渡するのも、やはり曽祖父から続く会社ですからね。出来ないじゃないですか」

「そうだな。墓場からご先祖様が戻って来るだろうな」

　私の言葉に夏神は笑う。

　笑い顔の実に綺麗な男だ。

　普通笑ったり、怒ったりしている顔は、どこか崩れるもんなんだが。

　何とも羨ましい男だ。生まれつきの美貌に自然と身に付いている教養。親譲りの会社と資産か。

　さらに家には、これだけの男に相応しい美しい妻がいるんだろうな。彼女は決してメンテナンス中の顔など、この男に晒《さら》したりはしないんだろう。

「奥さんは…美人なんだろうな」

「僕ですか？」

他に誰がいるんだ。私は黙ってビールを空ける。行かないでくれの一言も言わずに、病院行ったらとしか言わなかった妻のことを思い出して、少し不快になりかけていた。

「僕は…独身ですよ」

「えっ、そうなんですか。意外だなぁ。これだけのいい男が一人なんて、世の中の女共は何してるんだ」

「執行猶予中です」

「灰原さんは？」

私は笑って真実を語る。

不思議と夏神には、正直に何もかも話せるような気がしていた。

「退職したついでに、離婚届も置いてきました。妻に対して悪いことしたとは思わないが、子供にはね。悪かったかなって思ってますよ」

妻をそのままコピーしたような娘だが、それなりに可愛いところもある。だが娘にとって、以前のままの私が父親で居続けることが、果たして意味があることなのか疑問だった。

もう少し成長したら、娘は私を尊敬するだろうか。家族の中でもほとんど存在感のない父親を、将来自分が愛するだろう男の見本に据えるか。

しないだろう。

「身勝手なのは知っていますが、いい年してね。自分探しです。若い、物事を考えるのに一番大切な時代を、サッカーだけで過ごしてたせいで、やり損《そこ》なったんですよ」

馬鹿にされるかと思ったが、夏神は相変わらず優しい微笑みを浮かべたままで私を見つめていた。

「男の…ロマンですね」

「いや、ロマンなんて恰好いいもんじゃないです。当座の金はあるが、その先の人生設計もやり直さないといけないし…何よりもっと魅力的な人間になりたいんですよ」

そうなんだ。

私は虫になりたかったんじゃない。

魅力的な男になりたかったんだ。

夏神と初めて会った翌日、私は近くの本屋でカフカの『変身』を改めて買った。読み直してその絶望的な内容に、やはり私には向かない小説だとよく分かった。虫のままで死ぬのはごめんだ。私なら蛹から蝶に変身して飛んでやる。この小説が書かれた社会と今は違うんだ。自分さえやる気になれば、どう変身することも可能なのだ。欠けていた教養を身につけよう。若々しく健康な肉体を取り戻して、生きることをもっと積極的に楽しむんだ。やり甲斐のある仕事も探そう。籤で引き当てた金など当てにしないで、自分の手で金を掴むんだ。

決意を固めたものの、していることは相変わらずジム通いだけだ。昼間は読書をし、夕方になるとジムに出かける。夏神とのスカッシュは今では毎日の定例になっていて、私はかなり腕を上げていた。

帰りは二人で食事をする。その時には様々な話題で盛り上がった。お互いに何の利害関係もない相手と酒を呑むのは楽しい。

そんな時に夏神は、明日自分の会社を見に来ないかと突然切り出した。

親しくなって十日ばかりだ。

そんな相手を夏神は信用するのか。

会社に誘う意味が分からない私じゃない。夏神は自分の会社に私を就職させてくれるつもりなんだろう。

人間として信頼されたのは嬉しい。けれどなぜか同じくらい寂しい。

夏神の会社に就職したら、彼は私の上司になってしまうのだ。

生まれ変わった私が、初めて手に入れた友人なのに、その関係が社員と雇用主に変わるのだ。

知り合えば知り合うほど、夏神は魅力的な男に思えてくる。ぼっちゃん育ちで多少世間知らずなところはあるが、それさえも経営者には相応しい鷹揚な性格からだと納得出来てしまえた。

五つ年下の三十三だというのに、教養は私よりはるかにあり、しかも柔和な顔立ちに似合わないスポーツマンのセンスとファイトもある。

彼こそ私の理想なのではないか。そんな男と対等な友人付き合いが出来て、誰よりも嬉しかったのはこの私だ。

それが終わってしまうのは、あまりにも寂しい。

いいじゃないか。これからは友人としてではなく、部下として彼を盛り立てていけば。

そう思う気持ちもあるが、やはり使われるだけの立場になるのは侘びしかった。

断るか。

この就職難の時代、この年で新しい理想の仕事に巡り会える保障はない。無責任な私と違って、家族をちゃんと責任持って養っている男達が、就職出来ずに苦労しているのだ。それを思えば選んでいる余裕なんて、本当はない筈なんだが。

第一この私に何が出来るんだ。資格と呼べるようなものは特別ないし、区役所での経歴が光っているとは思えない。ほとんど手つかずの当選金を元手に、自分で起業するにはまだまだ勉強が足りなかった。

有り難いと思うべきなんだ。

夏神は雇用主としても理想的だろう。温厚なあの人柄なら、安心して仕《つか》えることが出来ると思える。

つまらない男のプライドで、せっかくのチャンスをふいにするのか。

それに占いの有効期限はまだ続いている。自分が望まない方向に行く方が、運命は開けると言われたじゃないか。

行くだけでも行ってみよう。銀座にある夏神の本社に向かうために、私はその日まずスーツを買いに行くことにした。

区役所時代のスーツはすべて家に置いてきた。紺色とグレーばかりの安物スーツだ。あんな物をまた身につけたら、卑屈に生きていたあの頃を思い出してしまう。

自分のために物を買う。しかも自分で選んで。一人なら当たり前のことだが、それすらもしていなかったことを思い出す。

以前だったら置いてある品物の値段だけを見て、気後《きおく》れしていたような店にわざと入った。雑誌などにも広告を出している、紳士服専門の老舗《しにせ》だ。

店員の男性は、さりげなく客である私を値踏みする。すでにここに来る前に、髪も切り鬚を剃った私を、彼はどう見ているのだろう。いい客だと思われたか、それともただ見ていくだけの客と思われたのか。

「どのような物をお探しですか」

若い店員は営業用の笑顔を浮かべて近付いてくる。客だとは思われたらしい。

「紺とグレー以外のスーツを…」

それ以外なら何でもいい。

「それでしたらジャケットと別パンツの組み合わせはいかがですか」

店員はそれとなく私にメジャーを回し、体つきを計っていた。

背が高いせいで、私はつい俯《うつむ》きがちになりやすい。思い切って胸を反らして計らせたら、店員はお世辞でもない様子で言った。

「素晴らしい体格をしてらっしゃいますね。お客様くらい見栄えがよろしいと、多少派出目なデザインでも充分にお似合いになると思いますが」

そう言って取り出したのは、茶色の変わった生地のジャケットだった。

これを私が着るのか。しかも値段は大卒の初任給とたいして変わらない金額だ。

こんな高い物。しかも派手で。これまでの私だったら、苦笑いを浮かべて、もう少し安くて地味な物をと店員に頼んでいただろう。

「それじゃ、それに合わせたズボンとシャツを。ネクタイと靴も頼もうか」

いいんだ。今はまだ夢の中にいるような時間だ。身分不相応の贅沢も、似合わない洒落た服も許される、運命が逆転している世界にいるんだから。

「着ていってもいいかな。急に人に会うことになってね」

言われた店員は慌てて値札をすべて外している。

これが自己投資か。

現金で払いながら、私は考える。

金を持っている連中は、普通にこんなものを買っているのだろう。収入が少ない若者だって、許される範囲内で自分を美しく見せるための努力をしているじゃないか。

妻だってどこで買っているのか、いつも真新しい服を着ては出かけていた。

自分をよりよく見せるための努力。

したことあっただろうか。

ベージュのシャツに大胆なデザインのネクタイを結ぶ。その上にジャケットを羽織り、少し色の薄い同系色のズボンを履いた。その姿で鏡の前に立つと、私もそれほど悪くないと思えてきた。

若い頃は自分もいい男なんじゃないかと自惚《うぬぼ》れていた時もあったが、ここ何年そんなことは考えることもなかった。男は仕事さえきちんとこなしていれば、いずれ大人のいい男として認識されると思っていたのだ。

やはりそれだけじゃないんだな。

鏡の中にいる男は、いかにもやり手のような錯覚を覚えさせる。

外見は内面を主張する大切な要素でもあったんだ。私はいつの間にか制服のようになってしまった、地味なスーツと白いワイシャツに、自分の内面も合わせてしまっていたんじゃないだろうか。

「よくお似合いですよ。自分の見立てがこんなにも決まるお客様も珍しいので、私としても嬉しいです」

店員は誇らしげに言った。

私はそれまで店の一部でしかないように思っていた店員のことを、改めて一人の人間として評価しなおした。彼は彼なりに、自分の仕事にプライドを持っているのだ。素晴らしいじゃないか。

これまで物を買う時に、店員が何を考えて仕事をしているのか、考えもしなかったのに、今の私は素直に彼の喜びを自分の喜びのように感じている。

私の心にも余裕が生まれているんだ。

せっかく彼が選んでくれたんだ。自分をもっとよりよく見せるように、堂々と胸を張って歩こう。俯かずに、顔を上げて。

夏神の本社に行く前に、デパートに寄ってコロンも買った。役所時代はコロンはおろか、整髪料だって控え目にしていたのにな。今の私は調子に乗るということにすっかり味をしめてしまったらしい。

そこからさらに歩いて行くと、夏神の本社が見えてきた。一階と二階は店舗になっている。表から見ただけで目が眩みそうなほど、店内にはきらきらと光るクリスタル製品が溢れていて、凝ったディスプレイが施《ほどこ》されていた。

「いらっしゃいませ」

それほど若くない上品な女性店員が、にこやかに私を出迎える。

私はそれとなく商品を見回した。高額な物から、安価な物まで幅は広い。小さなシンデレラのガラスの靴があって、ふと娘に買ってやったら喜ぶかなと思ってしまった。

「お手にとってご覧になりたい商品がございましたら、お声をお掛けくださいませ。ショーケースよりお出ししますので」

老舗の店舗とは、こういった客への応対でも違いがあるものなんだろうか。私にはよく分からないが、いかにも夏神の経営する店らしい雰囲気だ。

「すいません。夏神社長に……」

「失礼いたしました。オフィスはこちらからエレベーターで、四階になっております」

示された通路を行って、私は四階に向かった。オフィス入り口にいた女性に名前を名乗ると、さらに五階の社長室へと案内された。

素晴らしい。銀座のど真ん中に、自分用のオフィスを持っているのか。もう羨ましいなどとは思わない。ここまでクラスが違うと、はっきりと異世界の人間だと思える。

これが欲しかったら、後は努力するだけだろう。定年まで無難に勤め上げても、決してこんな地位は手に入らない。何も持たない私が、自分のオフィスを構えるようになるのには、何倍もの努力が必要なのだ。

することをしないで、人を羨ましがるだけではこれまでの私と一緒だ。もうそんな自分とは決別してしまいたい。

「どうも…灰原です」

社長室は広々としていた。茶色のデスクと同色の革製のチェア。それにやはり同色の来客用の椅子があるだけだ。

壁には商品を展示出来るようなラックが設置されていて、高価なクリスタル製品が幾つか展示されていた。

「灰原さん？」

デスクでパソコンを開いて仕事をしていた夏神は、驚いたように私を見る。夏神はグレーでも品のいいスーツ姿だった。

「すいません…いつもとあんまり様子が違うから…驚きました」

「そうですか」

そういえばお互いにスポーツウェア以外の恰好で会うのは初めてだ。髪もぼさぼさで、鬚だらけの顔しか見せていなかったからな。

「鬚…剃ってしまったんですか。似合ってたのに」

「いや、失礼にならないようにと思って」

思わず顎に手をやる。なくなってみると、確かに寂しい気もするが。

「…それ…英國屋でしょ」

夏神は何も言わないのに、ズバリ私のジャケットがどこの物か当てた。

「そうですが」

「僕も欲しかったんですよ。だけど似合わなくて。灰原さん、とても上手《じょうず》に着こなしてる。いい男はやっぱり何着ても似合うんだな」

私のスタイルをじっと見ていた夏神は、なぜか顔を赤くして俯いてしまった。

人の服を褒めるのも、彼らにとっては礼儀なんだろうか。私にはあまり馴染みのない会話なので、どう答えたものかも分からない。

それにいい男って言われてもなぁ。夏神の方が私よりずっといい男だろうに。

「洒落たオフィスですね」

とりあえずオフィスでも褒めるか。その程度なら私にも出来る。

「ここは来客用にも使っているので。後で下のオフィスにご案内しますが、もっと雑然としてますよ」

「働いてる人も大勢いるんだろうな」

「販売員は各店にいますが、本社はそんなに多くないんです。営業担当と商品管理部門。それに事務員と秘書くらいで」

まだ顔が赤いままの夏神は、落ち着きなく電話を取ると、秘書だか事務員だか知らないが、コーヒーを持って来るように指示を出していた。

「夏神さん。お誘いいただいたのは、就職の件なんでしょうか」

　思わず聞いてしまった。

「それとも…帰りに食事をする程度だったのかな。来いと言われたから来たけど」

「この程度の会社で、お誘いしたのは失礼だったでしょうか」

　答える夏神の語尾は、微妙に震えている。私は一瞬、夏神が馬鹿にされたと怒ったのかと思ってしまった。

「いや…この程度なんて謙遜されることはないですよ。素晴らしい会社じゃないですか」

「そう言っていただけるとほっとしますが…この会社で働いてみる気にはなりませんか？」

「私が？」

「渉外担当ということではいかがでしょう。製品へのクレームとか、保険会社との交渉とかに当たる人を探していたんですが」

「クレーム処理ですか…。私の経歴を話したから…それで呼ばれたんだ」

　夏神に話してしまったのは失敗だったのか。区役所で一日頭を下げていたことを、正直に話したのが一昨日だった。

そうか。

私の役目はやはりそれなんだ。

また同じように一日頭を下げていろと言うのか。せっかく堂々と胸を張ることを思い出したというのに。

何となく気まずい雰囲気になっていた。

結局彼も、私を利用したいだけだったのか。友情なんて懐かしいものを、つい期待していた私は甘かったんだ。

夏神は謙遜しているが、きっと仕事でもやり手なのに違いない。区役所で頭を下げ続けていた男の、もっとも有効な利用法を考えたというわけだ。

コーヒーを飲んだら帰ろう。ここで帰っても、夏神はスカッシュの相手を断りはしないだろう。また二人でコートに立てば、知り合ったばかりの頃のように仲良く遊べるさ。

それとも利用価値のない私になんか、彼は興味を無くすだろうか。スポーツから政治、時事問題で気楽に話せる友人を、あっさりと失ってしまうんだろうな。

コーヒーが運ばれてきた時には、赤かった夏神の顔色は青ざめて見えた。思ったよりもこの男、小心者なのかもしれない。クレーム処理なんてもっとも苦手なんだろうな。

「灰原さん…気分…害されてますよね」

またもや語尾が震えている。

「いえ…いや…うーん、正直言って、またここでも人に頭を下げる役目かと思うと、自分がそれだけの価値の人間なのかなと思えて」

「それは違います」

夏神はいきおいよく言葉を挟んだ。

「クレームといっても、うちで問題になるのは国際商法の違いとか、損害保険金目当ての詐欺とか、とても厄介なことばかりなんです。こちらの対応がまずいと、膨大な損害を被ることになる。冷静に相手を不快にさせず、交渉出来る人間なんてそうはいません」

「…私にそれが出来ると？」

「大人の男が、頭を下げるということがどんなに大変なことか、僕にだってわかります。それを灰原さんは何年も見事にやっていらした。腹の立つことばかりだったと思いますが、灰原さんの上司もそれに耐えられると見込んで、課長の地位まで引き上げたのではないですか」

「いや…」

夏神はやけに真剣だ。

そんなに私が欲しいのか。

少し私を過剰評価しすぎてはいないか。それともこれも夏神の作戦なんだろうか。

「もちろん灰原さんが、国際商法に詳しいとは思っていません。語学も堪能だとは思っていませんし」

「確かに…そうだな」

「入社していただいたら、勉強していただくことは山ほどあります。だけど、そんなことは努力すれば身に付くけれど、人柄は勉強や努力では変えられない。灰原さんの人柄に、魅力を感じている僕の判断は間違ってるんでしょうか」

何て素晴らしい褒め言葉だ。

人柄か。

そんな物に価値があるなんて、これまで考えたこともなかったな。

「私はいい加減な人間ですよ。家族も仕事もほうり出して、自分探しをしているような、甘ったれた人間です」

「いい加減な人間だったら、自分なんて探さないで適当な快楽に逃げます」

「……」

「酒や女性やギャンブル。男の逃げ道はいくらだってある。なのにあなたは、自分に向きあう道を選んだんだ」

返す言葉もない。

その通りだ。

「僕がもっと魅力的な男だったら、あなたも黙って引き受けてくれたでしょうね。この通り、弱い男なんです。強気で交渉に臨《のぞ》めない。幸い僕の代になってから、大きなトラブルもなく済んでるけれど、もし何かあったら」

夏神は神経質そうに両手を擦り合わせながら、私を見ないで話し続ける。どうやら彼にとって、仕事はスカッシュのように簡単にはいかないものらしい。

「これでも一応代表取締役ですから、役員のまえでは弱気は見せられない。内心はいつも不安なんですよ。周りに相談に乗って貰えるような人間が誰もいなくて」

完璧に見える男にも、どこか欠点はあるのか。完全に一人前の男になる前に、父親に死なれたせいもあるんだろう。兄弟や妻でもいれば、まだ相談相手になったんだろうが。

そうか。夏神は孤独なんだ。

家族がいても、私も孤独だったからな。その不安は分かる。

仕事での愚痴なんて誰も聞いてはくれない。ダイニングで一人、冷めた料理に箸をつける毎日。もしあの時に誰かが話を聞いてくれていたら、私だってあの家を出ようとまでは思わなかっただろう。

男だったら雄々しく一人で立ち向かっていかなければいけないなんて嘘だ。

男が強いのは、身体能力が僅かに女性より勝っているだけで、内面は同じなんだ。不安や孤独は、男だって苦手なものさ。

「灰原さん、僕の側にいてくれませんか」

今にも泣き出しそうな声で夏神は言った。

「いいですよ。そういう意味でのお誘いなら、喜んで」

「本当にっ！」

ぱっと顔を上げた夏神の顔は、喜びで輝いている。スカッシュでポイントを稼いだ時の表情そのままだった。

「たいして役に立てないかもしれないが」

「そんなことはないです。…いてくれるだけで僕は…」

夏神は続く言葉を、両手で口を覆って隠してしまった。

何を言ったのだろう。

気になってはいたが、聞くだけの勇気は私にはなかった。

再びグレーと紺のスーツを着る日々が戻ってきた。だが今回は私は自己投資を惜しまないことにしたので、またあの身分不相応と思える店で、新しいスーツを購入した。

二度目だったので、店員は愛想よくお名刺いただけませんでしょうかと言ってきた。私は真新しい『夏神クリスタル・渉外部部長』の肩書きの刷り込まれた名刺を渡した。

店員の応対は前にも増して親近感が増していた。地元では老舗の店舗だからだろう。

おかしいな。

思ったことと逆をやると、人生がこんなにもスムーズに行くのか。

じゃあこれまで私が信じていた生き方とは、そもそも何だったのだろう。

安定とか普通にとか、平凡に生きるってことは、そんなにも無意味なものだったのか。

結論を出すのを急ぐことはない。その前にまずしなければならない勉強が山積みだ。商品の保険に対する知識や、取引先国の商習慣、それだけをまず先に勉強してしまわないと。

この年になって、新たに勉強をやり直すというのは難しい。記憶力は低下しているし、集中力も欠けている。それでも未知の分野を勉強するというのは、楽しいものだという再発見はあった。

出社して一週間は、挨拶回りや業務内容を覚えるだけで精一杯だった。その合間にも夏神は食事を一緒に付き合ってはくれていた。だがもうただの友人ではない。悲しいがそれが雇われた人間としては、当然取るべき態度だろう。

「灰原さん…とても熱心にやっていただいてるのは嬉しいんですが」

誘われた昼食の席で、夏神は不満そうに口にした。

昼食といっても銀座の一等地だ。役所の職員用食堂とでは雲泥の違いがある。夏神はさすがにここでの生活が長いだけあって、安くて旨い店をよく知っている。どの店でも顔馴染みなのか、上客として扱われていた。

「何かまずかったですか」

今日連れて行かれたのは、夜には懐石料理をメインにしている店で、畳の席だからと胡座《あぐら》をかいていた。思わず私は座り直して正座になる。

やはり距離の取り方を間違えただろうか。今でも友人のようにして、食事に同行していること自体まずくはないか。しかも夏神は当然のように自分が支払ってしまうのだから。

以前とはもう違うんだからと叱られる覚悟で待っていたら、夏神は思わぬことを口にする。

「ジムには…もう行かないんですか」

ぽつっと言ったその言い方は子供じみていて、私は思わず笑ってしまった。

「いや…覚えなければいけないことが山ほどあって」

「現場の部下をうまく利用する方法だってあります。何も灰原さんがみんな一人でやる必要はないんですから」

「いえ、それじゃああまりにも悪いです。あんな高給をいただくんですから」

夏神が私に約束した給与は、役所時代の給与とは比べ物にならない高給だった。そんなにいただけないと言ったら、店に相応しい恰好をいつもしていてくれと言われたのだ。

男の一人暮らしなんて、そんなに金を使うことはない。子供の養育費を払ってやってもまだ、毎月スーツを新調するだけの余裕がありそうだった。

「スカッシュの相手してくれる人がいないと、つまらないんだけど」

段重ねの品のいい和風弁当に箸をつけながら、夏神はすねたように言った。

男のくせに妙に可愛いことを言うもんだ。

他の男がこんなことを言ったら、何甘えたことぬかしてやがると笑われるだろう。けれど夏神が言うと、ちっともおかしくない。

似合っているから不思議だ。

「仕事の時は、社長扱いしてくれてもいいんです。だけどプライベートでは…以前のようにしていただけませんか」

ちらっと上目遣いに私を見る目は、何だかもっと言いたげだ。

「普通の友人に戻れってことですか。難しいですよ。あなたは社長なんだし」

「なら…僕が会社にまで誘ったのは失敗だったんですね。大切な友人と優秀な社員。二つ同時に手に入れられて、僕は単純に喜んでいたんですが」

「優秀な社員になれるように努力します」

「そのために友人の役は降りるんですね。僕は欲張りですか」

「いや…」

そりゃあ私だって夏神とは友人でいたい。しかし現実に彼は私のボスなんだぞ。そうしたのは夏神じゃないか。

「一週間スカッシュやってないな。ジムに行っても退屈で」

夏神は箸を置いて、片肘ついてそこに顔を乗せてあらぬ方向を見ている。

彼は非常に正直な人間なのだろう。嬉しい時は本当に嬉しそうな顔をするし、悲しい時は心底悲しそうだ。不安な時はおどおどするし、怒ったりすねたりしている時は、今のようにそっぽを向く。

短いつき合いなのに、私には彼の感情が手に取るようによく分かった。何年共に暮らしても、私には未だに妻が何を考えているのかよく分からないままだというのに。

「今夜は付き合いますよ。それで機嫌直してください」

私は思わず苦笑混じりで答えてしまった。

「本当ですか？　待ってても来なかったりしたらやだな。この一週間、毎日ドアばっかり気にしてました。灰原さん、来ないかなって何度も確かめて」

私のことを探るように見ながらも機嫌を直したのか、再び夏神は箸を手にする。

ぼっちゃんらしいわがままか。

それとも私に甘えているのかな。いや、それは考えすぎだろう。彼は単純にスカッシュの相手を欲しがっているだけだ。

私も一週間体を動かしていないので、そろそろまた時間を作りたいなと思っていた頃だ。ちょうどいい。彼の誘いは、昔みたいに仕事に埋もれているばかりじゃ駄目なんだと、思い出させてくれた。

「コートに入ったらライバルですよ」

慣れない仕事に就いて一週間、明日は休みだしちょうどいい。コートに立った私は、慣れた様子でボールを握って暖める。夏神よりも先に来て、体もほぐしておいたから余裕があった。

「公私混同はなしですから、私が勝っても怒ったりしないでくださいよ」

笑顔で言うと、夏神も嬉しそうに笑いかえす。

「よかった。もう二度と灰原さん、僕の相手してくれないつもりなのかと思ってた」

「スカッシュには私もはまりましたからね。毎日でもやりたいけど、仕事が」

「仕事の話は禁止」

日頃の不満が溜まっていたのか、夏神のサーブは勢いがいい。私も負けずに強く打ち返す。

夏神とはスカッシュのように会話も弾むから楽しい。短い一方通行だけの会話では、楽しみも何もないじゃないか。私達は笑いながら、冗談とも本気ともつかない言葉の応酬を楽しみながら、同時にゲームも楽しむ。

妻にはすまないが、私は今生きている充実感を味わっている。

知的会話に、激しいスポーツ。覚えなければいけない仕事と、華やいだ仕事場。洒落たスタイルで、都会の一等地でやり手の男みたいに働いている。

さらに雇用主としても理想的だが、友人としても満足出来る相手と、こうして夜には健康に遊んでいるんだ。

もう以前の生活には戻れそうもない。

シンデレラストーリーなんて嘘っぱちだな。二人は結婚して末永く暮らしましたとさ。冗談だろう。シンデレラはいつかたいくつな王子に愛想を尽かして、愛することを放棄した。二人が作る家庭は形骸化《けいがいか》してしまい、王子は反逆の旅に出るのさ。

誰も真面目に書かなかったストーリーの続きを、私が書いているようなものだ。女の側から見れば幸せなラストも、男の側から見ればそんなに幸せな結末だとは思えない。そもそもあの王子は、シンデレラのご都合で現れたような王子じゃないか。

嗤いたければ嗤え。私もついこの間までは、忠実に王子の役割をしていたんだ。王子なら本当にしたいだろうこと。仕事や友とのスポーツを楽しむ時間を犠牲にしてまでな。

「どうしたんです、夏神さん。久しぶりだからって、ミス多いな」

私よりずっと長くやっている筈なのに、今日の夏神は何だか調子が悪そうだ。あんなに相手をしてくれとねだったのに、勢いがいいのは最初だけでやたらミスを連発し始めた。

さすがに息は私の方が上がっている。ラケットを手に壁にもたれ掛かって、私は夏神をじっと見つめた。

「一週間相手しなかっただけで、調子崩したんですか。公私混同はしない約束なんだから、手加減しませんよ」

「灰原さんがうまくなったんですよ」

「まだまだ、私なんか」

「ねぇ…お願いがあるんだけど」

「何です？」

負けてくれとでも言い出すのかと、私は笑顔で待ちかまえた。

「二人きりの時には…丁寧な口調、もうやめませんか」

「はぁ？」

何を言い出すのかと思ったら。

「ため口でってことですか」

「そう…。年上の灰原さんに対しては失礼かもしれないけど…今はプライベートだから、普通の友人同士のように話してくれませんか」

おぼっちゃんはねだることに慣れている。実に巧みに自分の望む方向に人を誘導する。

「灰原さんだって、友達とは普通に話すんでしょ」

「そりゃそうだが…」

スカッシュの相手をしてください。僕の会社で働いてください。そして友達らしく、対等な口をきけと言う。

親しくなれば自然にそうなるもんだろうが、社会人生活の長い私には、いきなりそれは難しい。ガキの時代に戻れってことなんだろうか。

「僕の要求って、そんなに変でしょうか」

いつまでも黙ってボールを握っている私を見て、夏神はまた不安そうになる。

「まずは先に自分から直さないと…。変かなでいいんじゃないの」

「あっ、そうだった」

笑いながら夏神は私の腕を握る。その顔に不安はもう跡形もない。

くるくると表情の変わる男だな。

見ていて飽きない。

おかしなもので夏神が笑っていると、私まで幸せな気分に浸れた。

逆転の発想か。親しき仲にも礼儀あり。それを取っ払うのも、より親しくなる手段ってことなんだろうか。

雇用主に対してため口ね。

そういうのもありなんだろう。

ゲームを再開する。夏神の調子はもう戻っていた。彼をベストの状態にするには、私が何でも言いなりになってやればいいのか。

それも変だな。

自由になったんじゃなかったのか。家族を捨ててまで、手にしたかったのは夏神のお守りをすることじゃなかっただろう。また同じようにいい人をしているのか。

自分では無理をしているとは思わないんだから、これが私の人柄ってやつなんだろう。

コートの使用時間が終わった。私達は満足してコートを出ると、シャワーブースに入る。

素っ裸でシャワーを浴びていたら、いきなりドアが開いて夏神が覗き込んでいる。

「帰り僕の家に寄らない？」

「…食事を…いつもみたいに一緒に」

時間はもう八時を過ぎている。遅い夕食だなと思いながら振り返ると、泡だらけの私の体をじっと見つめている夏神と目が合ってしまった。

「家で？　いいけどため口限定かな」

笑顔で答えたものの、夏神は笑わない。何となく見られているのが気まずくて、私は背中を向けてしまった。

もう弛《ゆる》んではいない。見られて恥ずかしいと思うような体ではなくなった。それでもやはり相手が夏神だと気恥ずかしいじゃないか。

「駐車場で待ってるから」

夏神はドアを閉めて、慌しく隣のシャワーブースに飛び込むと、派手に音立てて体を洗い始めた。

友達を作るのが下手な男はいる。夏神がそうなんだろう。

私は学生時代から苦労したことはない。運動部なんて最低三年は同じ顔を見ることになるんだ。運命共同体だから、自然と兄弟のように仲良くなれる。

そんなにしょっちゅう会うわけでもないが、たまに会えば当時のままの友達付き合いが復活する友人が何人もいた。夏神にはそんな相手はいないのだろうか。

夏神の家に招待されたのは初めてだ。独身男の部屋になんて訪ねるのはここ何年もしていない。学生時代に戻ったように新鮮な気がした。

思った通り、夏神らしいセンスのいい部屋だった。

彼の両親は、あの会社を継がせるのに何より必要なのは、決断力でも攻撃力でもなくて、センスなんだと考えたのだろう。美しい物を売る商売だ。その選択は正しいと思う。

自分をも美しく見せながら、美なんてものは主観によって違うから、値段に相応しい価値を納得させるために、彼なりに努力しているのだ。

その結果だろうか。私生活までもが華やかで美しい。私は夏神の部屋が、生活臭の何もないグラビアそのままなのを見て納得した。

「いい部屋だ」

正直な感想だ。ここから僅かの距離にある、賃貸で借りた私の部屋とは大違いだった。

「ワインを空けようか。その前に灰原さんはビールだよね」

夏神が浮き浮きとしているのが分かる。

私も独身時代はよく友達を招いて酒盛りしたもんだ。最後にビールの空き缶と吸殻の山を始末しないといけないのが憂鬱だったが、それでも友達と語る夜は楽しかった。

この年になると、職場の同僚も友達も家庭持ちが多くなる。相手の家族の迷惑を考えると、気軽に遊びに行けなくなっていたのを思い出す。

「こんな部屋なら友達を呼ぶのも恥ずかしくないだろうな」

「僕は…あまり親しい友達はいないんで、人が来るのは久しぶりなんだ」

「大学時代の友達とかは？」

「みんな忙しいよ」

「そうだな…」

学生時代のように仲良く遊んでばかりはいられない。みんな忙しいんだろう。スカッシュやって遊んでるのは、独身と仮独身の私達くらいのものか。

夏神は冷蔵庫から料理を取り出す。帰宅する前にどこかのレストランで用意させた物なんだろう。

「そろそろ結婚したらいいのに。失敗した俺が言うのも変だけどさ」

あっ、ついに完全なため口になってしまったな。いくら何でも雇用主に俺はまずかっただろうか。

けれど夏神はいっこうに気にする様子もなく、料理を温めたりして甲斐甲斐しく働いていた。

「どうして結婚しないの？　お母さんはいるんだろう。いつまでも一人じゃ心配してると思うが」

何か手伝おうとキッチンに入った私は、夏神と並んで立った。慣れた様子で料理をレンジに入れていた夏神は、手を止めて呟いた。

「母は父よりずっと先に亡くなったんだ。僕は…三年間一人で暮らしてる…」

「余計な質問だったな」

「そんなことない。灰原さんはどうなんだろう？　もう奥さんのところに帰りたくなったのかな」

「いや…無理だろうね。あそこにいると、一人でいるよりもずっと孤独に感じるんだ。どうしてなんだろう。家族がいるのに…」

自分が異邦人のようにいつも感じていた。そういえばカフカに『異邦人』ってタイトルの作品があったな。今度はあれを読んでみるか。

「灰原さん…一人の方がずっといい…」

　夏神の呟きはますます小さくなる。

　本当にそう思っているのか。自分に付き合ってくれる、貴重な独身の友人を彼は失いたくないのだろうか。

「確かに一人は気楽でいいな。責任逃れするつもりはないけどね。本気で父親や夫をやれなかったんだ。俺にはあの人達と暮らすのは向いてないのかもしれない」

　料理をテーブルに並べる。そういえばいつも夏神と食事をしているが、彼が一人だと聞けば肯《うなず》ける。食事の時くらいは相手が欲しいだろう。

「けどうまくやれるやつもいる。夏神さん。あなたは結婚した方がいい。こんないい男を一人にしとくなんて、女共は何やってんだ」

　子供みたいなところのある男だ。年上の落ち着いた女性なんてどうだろう。美人で教養があって、同じようにスポーツも楽しめる相手といったら、どこかの皇室の花嫁選びみたいだったかな。

　食事の間、夏神は二度とその話題には触れなかった。昔、手痛い失恋でもしたかな。

　両親を失い、恋人もいない夏神を可哀相に思った。私のように自分から振り捨てた人間はいいんだ。孤独の内にのたれ死にしようと、それが自らの選択なんだから。

夏神はまだ未経験なんだろう。それとも誰かと一緒に暮らしたことが、過去にはあったんだろうか。

思わず夏神の心配ばかりしてしまう。

彼だって幸せになる権利がある。

私にだって幸せになる権利はあるから、こうして自由になったんだ。拘束と自由。どちらにより幸福があるかは分からないが、夏神には誰かついていてやる人間が必要だろう。

クリスタル。

光り輝いているけれど、傷つきやすい。

まさに夏神そのものだ。

誰かが最高のショーケースになって、彼を優しく包んでやればいい。

おかしいな。他人のことだとこんなに親身になって心配出来るのに、たまには残してきた子供のことでも考えたらどうだ。娘を思い出そうとすると、不思議と今の顔は思い出せない。まだ幼かった頃の寝顔ばかりが浮かんだ。

食事が済んだ後、私達はリビングのソファに並んで座って、高価なワインを空けた。スーツが買えそうな値段のワインは、旨いのかまずいのかもよく分からない。けれどわざわざ出してくれた夏神の気持ちに応えるために、あまり好きでもないワインを飲んでいた。

お互い酔うまでいかない。いつの間にか話題も尽きて、私達は親密な沈黙を味わう。

次の瞬間、夏神の頭がすっと私の肩に乗っていた。

「酔ったんですか？　あっと、しまった。ため口解除だった」

わざとふざけたように言う。

すると夏神は手を伸ばしてきて、私の手をそっと握った。

「酔ったんならもう寝た方がいい。明日は休みなんだから、ゆっくり眠れる」

「…好きなんだ…」

「ワインが？　それじゃ今夜のお礼に今度は俺が」

「灰原さん」

「……」

「灰原さんが好きなんだ」

手を握られていなければ、酔っているせいだと素直に聞けただろう。だが私の手を握る夏神の手は、決意を語るかのように力強かったので、思わず夏神を見つめてしまった。

「あなたがジムに初めて来た時から…灰原さんしか見えなくなってた…。そんなふうに思われるのっていやですか」

「酔ったみたいですね。私はこれで失礼した方がよさそうだ」

プライベートな時間は終わらせないといけない。これ以上夏神に何も言わせたくなかったんだ。

私は夏神の手から自分の手を引き抜き、慌てて立ちあがろうとした。すると夏神は縋り付いてくる。

「あなたが好きです。いけませんか」

「友達としてならね。俺、いや私も夏神社長は好きですよ」

巧みに予防線を張った。

それ以上どうしろというんだ。私も迂闊だった。こんないい男がいつまでも一人なのはおかしいと、さっさと気がつくべきだっただろう。自分の周りには生憎とそういったセクシャリティを持つ人間はいない。そのせいで疑いもしなかった。

そういうことか。

友達の次は部下に。その次はセックスの相手にしたかったのか。

それでこんな私にしつこく親切にし続けたんだ。

「やっぱり無理なんだ」

諦めきれないのか、夏神は私に縋り付いたままで悲しく言った。

「その…男性の方がいいんなら、若くていい男がまだまだいますよ。悪いけど私は、そういう趣味はないので」

「灰原さん、自分のこと何も分かってない。それとも僕が男だから、どんなにあなたを評価していても受け付けたくないんですか」

「評価は仕事でしてください。スカッシュの腕でもいい。それなら素直に認めるが」

「男としての魅力は。あるって知らないんでしょう」

落ち着け。ここでまた夏神の口車に乗ったら駄目だ。

いつもこうやって夏神は私を褒める。褒めてやる気にさせてしまう。

スカッシュならいい。仕事もいいだろう。

だがセックスまでは無理だ。

逃げよう。

あの家から逃げたみたいに。

またうまく逃げ出せ。それで失うものなんてもう何もない。

「灰原さん、僕にはあなたが必要なんだ。お願いだ、行かないで」

振り払おうとする私を、夏神はさらに引きつけようとする。揉み合いになったが、そうなると当然私の方が有利だ。

苦もなく夏神の体を引き離すと、私は玄関に向かった。

「行かないで。愛してくれなんて望んでない。側に…いてくれるだけでいいんだ」

「社員として忠誠は誓いますよ。それ以上は…無理です」

靴を履くと、急いで外に出た。

一人残された夏神の苦悩など、考えてやるだけの余裕はもうない。

走って家に向かった。のんびり歩いていたら、夏神の言葉が脳内をぐるぐると駆けめぐりそうだ。酔った体で息が出来なくなるまで走れ。走って、疲れて、何もかも忘れてしまうのが一番いい。

動悸が激しくなった。

走ったせいか。

酔いのせいか。

いや、それだけじゃない。何年ぶりかで聞いた告白に、柄にもなく私は激しく動揺してしまったのだ。

『異邦人』はカフカではなかった。カミュだ。書店で手にした時に、人間の記憶なんて実にいい加減なもんだと苦笑いした。

休日に『異邦人』を読もうとしたが、また挫折した。カミュだから駄目だったんじゃない。まともにものを考える能力が無くなっていたんだ。

ぼうっとしていると、自然夏神のことばかり考えてしまう。

彼は傷ついただろう。

もう会わせる顔もないな。

せっかく決まったと思った再就職も、これで終わりか。夏神だって迫って振られた男となんか、仕事場で毎日顔を合わせるのなんて嫌だろう。

夏神を恨んではいない。やけに親切な男だと疑わなかったのは、いい大人の私の方にも落ち度があったんだ。それに私にも、夏神が誤解してしまうような曖昧な態度がどこかにあったんだろう。

期待させておいて、直前で裏切られたんだものな。ただでさえ傷つきやすそうな男なのに、相当ショックを受けたんじゃないか。夏神はあれからどうしたんだろう。自殺なんて考えないでくれればいいんだが。

可哀相なことをしてしまった。せめて逃げ出さずに、話だけでも聞いてやればよかったんだ。それが本当の友達ってやつじゃないのか。私の態度はあまりにも冷たかった。私だって夏神を嫌いじゃない。

ただ男を性的な対象に選べないだけだ。

占いを信じて馬鹿なことをしたツケが回ってきたんだな。

いや、本当は占いなんてどうでもよかったんだ。あの家から逃げ出す口実が欲しかっただけさ。酒にも逃げられず、賭け事や女にも興味がない。自分を誤魔化す方法が見つからなくて、一人で煮詰まっていたんだ。

逃げ出したくせに、若さを取り戻したなんていい気になって浮かれていた。夏神と同じクラスの人間にでもなったつもりで、それが幸せなんだと思っていたんだ。

休日明けの出社は気が重い。だが首になるならなるで、まずは謝ってからだ。

明るいグレーのスーツに、赤の入ったネクタイを締めた。ビジネスバッグに読み残した本を入れて、服と本しかないような仮住まいのマンションを出る。

通勤の人波に紛れて歩いていると、やはり無職で過ごした数日がいかに虚しかったか実感した。生まれつき私は働き蟻に出来ているらしい。たとえ数千万の金を持っていても、せっせと働ける場所が欲しかった。

新しい仕事場は、自分に相応しいと思えたのに残念だ。仕事らしい仕事をすることもなく、勉強しただけで終わってしまうとは。

地下鉄のホームは人で溢れている。この中に何人、自分の生活を変えたいと本気で願っている人間がいるのだろう。

彼らに言ってやりたい。現状のままの方が、ずっと楽に生きられるんだと。

今朝はなぜか男達が気になる。

彼らのうち何人かは、同性の体に惹かれる男達なんだろう。

私はどうなんだろう。

驚いて逃げ出してしまったが、それはこれまで植え付けられた固定観念のせいじゃないのか。

男とはしないものだ。

正しい男同士の付き合いとは、友情のみ。

だが『走れメロス』のように、命を掛けてもいいと思うほどの信頼感がある友情と、ではそこにセックスが絡む愛情とにどれほどの違いがあるんだろうか。

分からなくなってきた。

行くなとも言わない妻。

行かないでと叫んだ夏神。

夏神は正直な男だ。あの叫びは本心だっただろう。

セックスしたかっただけなら、出会った初日に誘っただろう。それで脈がないと思ったら、夏神は不必要に近付いては来なかった筈だ。それとも私をいろいろなしがらみで縛り付けて、逃げられないようにしてからゆっくりと関係を深めるつもりだったのか。

セックスの相手をさせるために、そこまでするような男だとは思えないんだが。

甘えられて嬉しかったのは事実だ。可愛いと思ったのも本当だ。

それは友情の範囲だったのか。

それとも、また違った感情なのか。

経験がないからな。判断する基準も分からない。

出社してもすぐに社長室には行けなかった。週末にあったインターネット通販のクレーム処理をしていたら、先代の社長の時からいる秘書の女性が心配そうに私に聞いてくる。

「社長はどうかなさったのでしょうか」

「んっ…どうかしましたか」

「一ヶ月くらい、とてもいい雰囲気でしたのに、今朝は様子がおかしいんです。お体の具合でも悪いのかしら」

「どうしてそれを私に？」

「部長は個人的にも親しくされているみたいなので」

傍から見ても分かるんだろうな。中途採用でいきなり何も知らない人間を渉外部長にしたんだ。個人的にかなり親しいと思われているのに違いない。

「風邪でも引いたんじゃないかな」

そう言って誤魔化すしかない。秘書の女性はまだ何か言いたそうだ。私に様子を見に行けとでも言うつもりか。

その時電話の応対をしていた事務員が、必死になって首を巡らせて誰かの助けを求めている様子が見えたので、私は立ちあがって近付いていった。

「どうかしましたか」

「はい…本日入荷予定の商品を積んだトラックが、事故に巻き込まれたそうです」

新人の私では頼りにならないとでも思ったのか、事務員は不安そうにまだ誰かを探していた。

「電話…代わろう」

私は安心させるような余裕ある態度で、受話器を事務員から受け取った。

「もしもし…電話代わりました。渉外担当の灰原と申しますが」

恐ろしい内容が聞こえてくる。タレントの結婚式の引き出物として用意されたペアグラスを積んだトラックが、横転するような事故に巻き込まれたというのだ。

幸い運転手の命は助かって、こうして電話を入れてくれたのだが、商品の大半が破損しているような言い方だ。

千ある品物を点検しないと、どれだけが無事かもわからない。結婚式は今週の週末。今からではとても新しい商品は間に合わないだろう。オリジナルで名前を彫り込んだ物だからだ。

「まずは社長に伝えないとな」

電話を数件掛けて、事態を掌握した私に残された仕事はただ一つ。

夏神にこの事実を伝えることだ。

それが一番大変なことに思えた。

社長室へは階段を使った。階段を一段ずつ踏みしめて昇りながら、さぁどうすると考えを巡らせる。何とか急場を凌《しの》がないと。それが私の仕事だろう。

ドアをノックするのも憂鬱だ。一昨日のわだかまりが消えていない時に、こんな話を告げないといけないとは。

ノックしてから頭を下げて入った。

窓から下の往来を見下ろしていた夏神は、私だと知ると慌てて横を向く。目が腫れていて、泣き明かしたんだろうと想像がついた。

「何ですか…。来るんなら、電話してくれればいいのに」

顔を見せたくないのか、ついには背中を向けてしまった。

何もない時にここを訪れたら、私だってまだ気まずい。だがそんなこと言ってる場合ではなかった。

「いきなりで失礼しました。今、運送会社から連絡が入りまして」

事務的に話しかけてみた。

こんなうちしおれている時に、聞かせたくない話だったが、私はすべてをありのままに伝えた。すると振り向いた夏神の顔が、青を通り越して白くなっていくのが分かった。

「どうしよう…。結婚式に間に合わない」

夏神の体が細かく震え出す。気を失うんじゃないかと思えた。

「しっかりしてください。ここであなたがしゃんとしてみせないと、従業員まで動揺する」

「何てことだ。夏神クリスタルの名前に…傷を付けてしまった。商品は間に合いますって、確約して引き受けたのに」

「まだ傷にはなってませんよ」

このままじゃ倒れる。私は駆け寄り、夏神の体を腕の中に閉じこめた。

「落ち着いて。私に任せていただければ、どうにかしますから」

「無理だよ。あれはネーム入りなんだ。オーストリアの製品だし、発注今からしてもとても間に合わない」

「急がせます。壊れていない物もあると思うので、確認して急いで発注数を出しますから」

「そんなことしても、当日に間に合わなければ意味がないんだ…」

「お願いだ。落ち着いて」

夏神の背中を優しく叩いた。泣きやまない子供によくしてやったもんだ。これをされると落ち着くらしい。心臓の鼓動と同じような速さで、そっと背中を叩き続ける。

夏神は私の肩に頭を乗せ、いつか私の腰に自然に腕を回していた。ぐったりしてしまって、立っているのもやっとなんだろう。

「先日は失礼しました。その…驚いてしまって、あんな態度しか示せなくて」

「いいんだ…僕が急ぎすぎた。灰原さんには家庭もある。男となんかしないって、冷静に考えればわかることなのに…」

「私は意気地なしなんです。そういう関係にはなれないと思うが、あなたとは一生友達としても付き合いたいと思ってます。ちゃんとあの場で、言えなくてすいませんでした」

「灰原さんが謝るのはおかしいよ。僕は立場を利用して、セクハラしたんだから」

「あの程度じゃセクハラになってないですよ」

安心させるように、私は精一杯の笑顔を浮かべた。

「側に…いてくれますか?」

泣き腫らした後の顔で、夏神は私をじっと見つめて言う。

その顔を見た瞬間、心に怪しい波が生まれて、落ち着きなく私の内部をかき回し始めた。

「いますよ。だから…安心して。今回の事故処理を一任していただけますか」

仕事の話に思わず逃げていた。

たとえ相手が同性でも、自分のことを好きだと言ってくれた人間を抱いていたら、妖しい気持ちにもなってくる。

「灰原さんじゃまだ無理だ」

夏神は否定するが、ここで引き下がれるか。

私はしつこく食い下がった。

「謝るのはプロですよ。それで雇ったんでしょう。まず足りない数を急いで発注して…それとガラスの靴。損益を無視して、あれを当日結婚式場で配れますかね」

「…どういうことですか」

落ち着いた夏神の体を私は引き離し、椅子に座らせようとした。だが夏神はそれを拒否して、私のスーツの胸を摑んで離さない。

「割れたとか、壊れたとかは結婚式では禁句でしょう。デリケートな商品ですから、万が一を考慮して、後日、招待客の家に直接届けると、注文主に納得させてください」

急場で思いついた苦肉の策を、私は必死になって説明した。

「小さなガラスの靴の置物があったでしょう。あれをとりあえず招待客の五百用意して、当日はそれを持って帰ってもらうんです。後からグラスと、もう一つの靴を届ける」

「届けるって…」

「行ける範囲はすべて私が自分で行きます。破損した商品の損失分は保険でカバー出来るでしょう。それ以上多少支出が嵩《かさ》んでも、信用を失うよりずっといい」

たかが五百人じゃないか。そのうちの何人かは近郊に住んでるのだろう。深夜だろうが、早朝だろうが、指定された時間に商品を届けるだけだ。難しいことじゃない。

「僕なんかのために…そこまで」

「会社のためでもありますよ。せっかく決まった再就職先ですからね。ベストを尽くさせてもらいます」

間に合わなかった言い訳をいくらしても、注文主は納得しないだろう。それなら式の時に品物がないことを、別の形で納得させるしかない。私は一人で熱くなっていた。

「灰原さん…無理だ」

そう言うと夏神は私に再び抱き付いてきた。

「無理なんかじゃない。僅か五百ですよ。この程度の数なら」

「そうじゃないんだ。僕にはもう、灰原さんを諦めるなんて出来ない」

「夏神さん…公私混同ですよ」

「どう非難されても仕方ない。僕は自分の感情を抑えるのは苦手なんです。灰原さん…見てると胸が潰れそうだ」

惚れられたのか。

男に。

そうか。こんな私に夏神は惚れてくれたんだ。

逆転の発想だよ。男だからと彼を拒絶してはいけない。

他に誰がいる。こんな男に、惚れてくれる人なんてどこにいるんだ。

信じられないことに、私は夏神の顎を捕らえてキスをしていた。

キスなんてするのは実に何年ぶりだろう。セックスのテクニックとしてのキスじゃない。

まだあどけない恋人同士のように、気恥ずかしさでいっぱいのキスだ。

忘れていたよな。

唇ってのは、柔らかいものだったんだ。

夏神は目も閉じずに、驚いたように私を見ている。照れくさいが自分から仕掛けたことだ。引っ込みがつかず、思わず長い時間夏神の唇を味わってしまった。

「落ち着いた？　あっ、かえって落ち着かなくなったか」

照れを笑顔で誤魔化す。

夏神の白かった顔は、途端に薔薇色に上気して、生気を取り戻していた。

「社長、いい顔色に戻りましたよ。その状態で下に降りて、社員に指示を出してください。今からしなくちゃいけないことは、山ほどあるんですから」

今度こそ本当に引き離そうとしたら、夏神は果敢にも私の頭を両手で引き寄せ、再び唇を重ねてきた。

夏神には私のような照れはない。堂々と本格的なキスをしてくる。さすがに今度のは思わずたじろいでしまった。

「ありがとう…おかげで落ち着きました。何かうまく行きそうな気がしてきたな」

「そうですよ、もっと自信持ってください。先代の社長だって、この程度の困難な事態は、何度も経験して乗り越えてきてる筈なんですから」

社長室に飾られた先代社長のダンディな姿の写真を、見るとはなしに見てしまった。今は鬼籍《きせき》に入った彼は、額縁の中からこちらをじっと見返しているように思える。

頼りない息子だが、一つよろしく頼むよと言われたような気がしたのは、私の考えすぎだっただろうか。

売り出し中の若手タレントの結婚式は、都内のホテルで華やかに行われた。結婚式当日に引き出物を直接渡さないことはままあることなので、後日発送のトラブルは何もなかった。ガラスの靴のアイデアは、タレントも喜んでくれたようだ。

割れ残った物と、その後から作らせて間に合った分だけをかき集めて、私は式場の出口にいた。当日持ち帰りたい人のために、直接手渡す役を自ら買って出たのだ。

銀座の店から連れてきた年輩の女性店員と二人、クリスタル製品のデリケートさを説明しながら一つ、一つ丁寧に手渡す。後日配送希望者には、はがきかメール、または電話で配達希望日を確認と、何も問題なく進んでいた。

やれば出来るじゃないか。

そりゃあ商品を再発注する時は、若手の社員に通訳を頼んだが。運送会社との損害補償交渉なんて、実にスムーズに進んだと思う。

ちゃんと夏神の期待に応えて、働いてみせることが出来た。私だってまだまだ捨てたもんじゃない。やる気になれば、充分にやっていけるじゃないか。

区役所でも私は精一杯働いてきたつもりだ。それなのにこんな充実感がなかったのは、明確な結果や賞賛が得られなかったせいだろう。昇級や昇格だけが目に見える評価というのは、私にとっては満足いくものではなかったんだ。

「ガラスの靴って、これ部長さんのアイデアなんですってね」

招待客のほとんどが帰りかけた頃、店員は何気なく言ってきた。

「部長さんって、見かけによらずロマンティストなんですね」

「いや…ロマンティストっていうより、これは苦肉の策だよ。当初は招待客に当日すべて配る筈だったんだろ」

「お持ち帰りになる時に壊れるといけないので、後日発送に切り替えませんかで、普通は済むと思いますよ」

「そんなものだったんだ。まだ慣れてないから、勇み足だったね」

残った製品を集め、式場から借りたテーブルの上を片づけながら、私はまだ出口で友人に囲まれている新郎新婦を見ていた。

幸せそうな二人だが、彼らはいつまであやって笑い合って暮らせるのだろう。何年か前に、新郎の位置にいたことを思い出す。

「結婚式の引き出物ほど、邪魔になるものってないじゃないですか。部長さんだって、式に呼ばれて経験されてますでしょ」

「ああ、まぁ…」

「目録だけでいいのに、こんな可愛いおまけまでつけて」

店員はピンクのリボンを巻かれた、小さな箱を手にして笑った。式場のテーブルには、紅白のリボンで飾られた同じ箱が置かれていた。引き出物を受け取ると同時に、もう一つの靴が揃うようになっている。

「損失を出したのは事実だ。アイデア倒れだったな」

「女性の招待客は喜ばれたんじゃないかしら。けど部長さんがシンデレラを思いつくなんて」

店員は遠慮なく笑っている。まぁ笑われても仕方ないか。いかついこの私が、シンデレラでいきましょうなんて口に出したんだものな。

「シンデレラのガラスの靴って、何なんだろうなぁ。他のドレスとかは十二時で消えただろう。なのにどうしてあの靴だけは消えなかったんだろう」

「あら…部長さんって、本当にロマンティストなんだわ。みんなに教えてあげよう」

「みんなって…」

「店員の間では、部長さん、話題の人ですよ。隠れたファンがいるんです」

「それは…どうも」

話題の人になんていまさらなりたくはないんだが。

「ガラスの靴っていうのも、どうしても引っかかるんだ。金の靴ではなぜいけないのか」

私は小さな箱を手に、独り言のように呟いていた。

「ガラスは割れるだろう。壊れるガラスの靴が、どうしてシンデレラの幸福の鍵になったのか。単なるご都合主義にしちゃ、奥が深いって思ったんだが」

「そうですね。私もそんなこと考えてもいなかったわ。壊れそうな物だからこそ、大切にしなさいって教えなのかしら」

「ああ、なるほどね。そうか、そうなんだ」

私が納得したものだから、店員はおかしそうに笑った。

そうか。いつかは壊れる可能性もあると、あの話にはちゃんと落ちが用意されていたんだな。そこまで何人が思いつく。いや、これは一方的な解釈か。

私はガラスの靴を壊したんだ。

そして革の靴や、ゴムの底を持つ靴を履く男を選んだ。

妻はまだ片方のガラスの靴を、大切に持っているのだろうか。いや、彼女の心の中では、とうに砕けてしまっただろう。寝室に入ることを拒まれた時に、私が気がつくべきだったんだ。

もちろんセックスだけが人間の絆《きずな》じゃない。けれど話し相手にもならず、背中ばかりを見せられた時点で、一言聞いてやればよかったのかもしれない。

もう君はおとぎ話を信じられなくなったかい。シンデレラ物語なんて、嗤いたい話になってしまったんだろう。

結婚生活はたいくつだっただろうな。

そうさせたのは私だ。

妻にとって私は、もう王子様でも何でもなくなっていたんだろう。

やり直すことはもう出来ないが、謝りたいとは素直に思った。

夢を壊してしまってごめんと一言。形だけじゃなく、心から謝ってみたら、彼女は許してくれるだろうか。

その夜、夏神の家に行った。結婚式の結果を報告しないといけない。だが本心はまだ二人きりになるのが怖かった。

黒のダブルのスーツに白ネクタイ。いかにも結婚式の帰りといったスタイルだ。公私混同は避ける。それにはいい。

夏神は洒落たシャツ一枚を羽織っただけのくつろいだ姿で、この間のように料理を用意して待っていた。私はあくまでも仕事の延長のように、今日の式場での様子をまず報告していた。

「私は詳しくないんですが、同行した彼女によると、有名な俳優や映画監督も来ていたようです。盛大な式でしたよ」

「そう…で、品物は足りたんですか」

「ええ、かえって後日配送の方が喜ばれたみたいです。すいませんでした。そういう方法がすでに浸透しているのも知らずに、余計なアイデアを出してしまって」

いつものように謝る。

「私の不勉強で、損失を出してしまって申し訳ありませんでした」

「シンデレラの靴のことですか。あれはいいアイデアだったじゃないですか。最近はそういう洒落た遊び感覚は受けるんですよ。だから僕も賛成したんだけど」

夏神は細いグラスを二つ出して、そこにシャンパンを注いだ。すっきりとしたデザインのシャンパングラスは、ありふれているように見えるが高価な物なのだろう。

「多少損はしても、話題になることの方がずっと大切です。割れたことも気付かれずに済んだし、よかったじゃないですか」

目の前に差し出されたグラスを受け取る。私達は軽くグラスを合わせた。

「お疲れさま。うまく切り抜けましたね」

夏神の目は笑っている。ふと私は、自分が試されていたように感じた。

車が横転したと聞いた瞬間、確かに夏神はうろたえていたが、それで事態を切り抜けられないほどの男ではないだろう。私がどうするのか、夏神は試したかったのではないか。

慣れない仕事場で、点を稼ごうと焦《あせ》って暴走したのは私だ。交渉事には慣れているところを見せたくて、張り切って動き回っていたが、こんな事態に慣れている夏神から見たら、微笑ましい程度の活躍だったのかもしれない。

「私は…合格ですか」

答えに納得するまで、シャンパンを飲み干すのはやめよう。

はっきりと聞きたい。

私は、男として合格なんだろうか。

「同じ質問を僕もしたいな。僕はどう？　灰原さんにとって、必要な男なんでしょうか」

「ずるいな。質問に質問で答えるなんて。私は仕事での評価を聞きたかっただけです。公私混同ですよ」

「使えない人間をあれだけの高給で雇うほど、僕の会社はまだ余裕がありません。評価したから任せたんです」

「ありがとう」

私はシャンパンを空けた。

「キスしてくれたのに、その後は逃げてばっかり。はっきり言って僕は不安なんです。結婚していた男性が、一ヶ月も何もしないでいたら…その…奥様が恋しくなりませんか」

「いや…それは」

ついに来たか。

自分でもキスなんてしたのは、軽率だったかなと思っているんだ。まだまだ心の準備も何もないのに、抱き寄せているうちに冷静さを失った。

夏神は魅力的な男だが、そういう対象として選べるのか分からない。何しろこの年まで、そういった経験はまるでないんだ。

「あなたを家庭には帰したくない。僕はわがままですか」

真剣な顔の夏神と見つめ合っていると、答える言葉を失った。

戻るつもりはない。

それが夏神を受け入れたことになるのか。

「そんなに脅えないでください。これまで通りでいいですよ。一緒に食事してくれて、スカッシュの相手をしてくれれば」

微笑んだつもりなのだろう。だが夏神の顔には、寂しさが表われている。

「思い出したように…キスしてくれたらもっと嬉しいけど、無理なんだろうな」

「この間は…つい冷静さを失って…」

「じゃあ、いつも冷静でいられない状態にしておけばいいんだ」

夏神は私のネクタイを引きずり出すと、ぐっと自分の方に引っ張った。顔が近付く。私は二人の間にシャンパングラスを挟んだ。

「公私は…やはり分けた方がいい」

「では今からはプライベートにしよう。で、何が怖いの。僕があなたを襲うとでも思ってる？」

「充分に襲われてると思うんだが」

「それじゃ襲います」

夏神はすっとその場に屈んだ。シャンパングラスを手に、間の抜けた姿で立ち尽くしていた私は、夏神が何をしようとしているのか知って、慌てて逃げようとした。

けれど夏神の手は、すでに私のズボンのベルトにかかっていて、巧みに開かれたズボンの下にはトランクスしかもうない。

「奥様の元に帰すのも嫌だ。灰原さんが風俗に行ったりするのはもっと嫌だ。恋人なんて作られたら悲しすぎる」

「そ、そんな理由でするのか」

「灰原さんを独占したい。それが一番の理由。抱いて欲しいけど、無理でしょ？」

「これも充分に無理だよ」

男にしてやって何が楽しいんだ。妻だって面倒くさがってやりたがらなかった行為を、夏神は嬉々とした表情を浮かべて開始した。

「…待ってくれ。何もこんな場所で」

部屋は明るい。テーブルの上に料理が並べられ、シャンパンは冷やされて飲まれるのを待っている。私は空腹で、連日の仕事の緊張感からか疲れていた。

なのに何でこんな恥ずかしいことをしているんだ。

「やめよう…こんな場所でするのは…」

「恥ずかしい？　灰原さんって、思った通りあまり遊んでないんだ」

「遊びですることじゃない」

私は夏神の頭をどけようとした。

だがいつかその手は、夏神の髪を優しく撫でていた。

目を閉じる。

優しくされるのは誰だって好きさ。私だってそうだ。こんなに優しく愛されたら、もう相手が男だとか上司だとか、そんなことどうでもよくなってしまう。

夏神はこれまで何人の男に、こんなに優しい行為をしてやったのだろう。

責めるつもりはない。私だって妻と、何年かは肉体的にも繋がっていたんだから。

ただ不思議なのは、彼がどうして今も一人なのかということだ。

シンデレラの魔法は、男には効かないものなのか。それとも私と同じように間違った相手と結ばれて、結果一人に戻ったのだろうか。

「んっ…」

閉じた目の裏側で、見えるはずもない星が破裂していた。忘れていた快感の波が、静かに内奥から湧き上がり、自分が牡の獣であることを思い出させる。

「君は…これだけでいいのか…。自分だって…したいだろ」

「灰原さんを飲みたいんだ…」

囁くような甘い声が答えた。

「最高の食前酒だよ」

「そんな恥ずかしいことを…」

するなとはもう言えない。自分の意志ではどうすることも出来ない状態になってしまった。

飲みたければ飲めばいい。

それから後のことは、また考えればいいさ。

携帯電話にセットした目覚ましが、やけに遠くで鳴っている。どこに携帯を置いたのだろう。

起きる時間か。

体は巨大な虫になっていないだろうな。

そう思ったのには理由がある。

重いんだ。

目を開いた私は、自分の体の上に抱き付くようにして眠っている夏神を発見した。

食前酒を飲み込んだ後、平然と食事をした男は、その後で帰らないでと子供のようにねだった。

何もしないでいい。抱いて寝てくれればいいからと言われて、素直にそうしたけれど、夏神が本心から満足したとは思えない。

夏神が夜中こっそりと、自分で自分を慰めていたのを知っている。

可哀相に。

私が抱けないと知っていてもなお、彼は私の側にいたがるのだ。

私は夏神を抱き寄せた。目覚めた夏神にいきなりキスをする。キスは出来る。キスだけは、たとえ相手が男でも上手にしてやれる。

夏神は私に抱き付いて、いつまでも唇を離そうとしない。そんな形でしか彼に応えられない私は、精一杯努力してみせた。

「僕は急がない…。いつか、抱いてくれればいいよ」

「一生出来なかったらどうする？」

「それでもいい。こうしてるだけで」

「君は平気で可愛いことを言うんだな」

額にキスしてやりながら、そういえば妻にもこんな優しいキスなんてしてやったことはなかったなと思い出す。

「プライベートはそろそろ終わりだ。着替えに戻らないと」

腕時計を探す。昔からの習慣で、ベッドの足の方に落とされた時計を私は拾った。

「朝食は？　僕は朝はパンなんだ」

「ここで食べて行けって。無理だ。着替えないと。まさか黒服で仕事は出来ないだろ」

「そこのクロゼット、開いて」

夏神は寝室のクロゼットを示した。私は言われたままにクロゼットを開く。

そこにずらっと並んだ物を見て、思わずまだベッドにいる夏神を振り向いてしまった。

「君のにしちゃサイズが大きいけど、もしかして…」

「英國屋は僕もよく使ってる。灰原部長のと言ったら、すぐに店員が揃えてくれたよ」

真新しいスーツが二着。それにシャツとネクタイ。さらには奥にスポーツウェアまで用意されていた。当然のようにその奥には、下着やパジャマまで用意されている。

「君は…絡《から》め取るのがうまいんだな」

「どうだろう。うまくないから、今でも一人なんだと思うけど」

夏神は起き上がると、魅力的な顔をくもらせる。

「もうセックスだけの相手なんて欲しくないんだ。いつまでも側にいてくれるような、そんな相手をずっと探してたんだけどね」

「俺はいつガラスの靴を、君の前に落としたんだろう」

すぐに言葉の意味が伝わらなかったらしい。夏神はしばらく黙っていた後で、急に声をあげて笑い出した。

「ああ、そういうことか。それならね。ジムで落としたんだよ。大きなガラスの靴だった」

私もついに笑い出した。

ガラスのスポーツシューズなんてあるもんか。二十八センチのそんな物があったら、私だって見てみたい。

うまく捕獲されたんだな。

もちろん私は、物や金に釣られるだけの男じゃないつもりだ。だが私に対して細やかな気配りをされたことには、素直に飛びついてしまう。

大切にされたら嬉しくないか。

私は嬉しい。

愛情とはつまり、そういうささやかな気配りの連続で実感していくものなんじゃないのだろうか。

シャワーを浴びてバスルームを出ると、鏡の前にはいつも私が使っているコロンが何気なく置かれていた。真新しいスーツに着替えて、さて何か忘れているなと思ったら、そうだ、この家には鬚剃りがない。

「すまないけど、シェーバーを貸してくれないか」

キッチンでバスローブ姿で朝食の支度をしていた夏神は、首を横に振る。

「鬚、伸ばして。僕は鬚のある灰原さんが好きだ」

「…鬚って」

「手入れは僕がしてあげる。綺麗に伸ばしてあげるから」

「お客に対して失礼だろう」

「外国の取引相手は、別に気にしない。それどころか、手入れした髭は紳士的だと受け取るよ」

「君の好みなんだろう」

夏神は答えない。

曖昧に笑ってみせただけだ。

それは正解だったということなのだ。

「それじゃ、君と付き合って半年が無事に過ぎたら伸ばすよ」

「執行猶予」

笑っている夏神に導かれるままダイニングテーブルについた私は、朝食というもっともありふれた日常的行為が、男同士でもちっとも違和感がないことに気がついた。

食事。睡眠。入浴。そんな日常には、性的な違いなんて最初から存在しないんだ。誰と暮らしても、得られる快適さには差がないんだとしたら、疎外感しか感じられなかったあの結婚生活は何だったのだろう。

温かいトーストに淹《い》れたてのコーヒー。それにヨーグルトだけの朝食だったが、人数が多くても無言の食卓よりは豊かに感じられた。

「灰原さん…食事中の新聞は禁止だからね」

「えっ…ああ」

思わずこれまでの習慣で新聞を読もうとした私の手は止まった。

「それよりテレビを見ながらでもいい。つまらない話をしよう。いつもみたいにね」

「それは構わないが…もしかしたら君は、俺がここにずっといると決めていないか」

「嫌なんだ。あんなに優しくキスするくせに」

それとこれとは違うだろう。そう言いたかったが諦めた。

何事も思ったことと反対に。

そういえばまだ占いは有効期限中だったな。

私は男としての優位性を示すなんて無駄なことは、一切やめることにした。弱そうに見える夏神の方が、実は私なんかよりもずっと強いのだ。狩人としての腕前も、はるかに上をいっているのに違いない。

強がることはない。

いきがることもない。

あるがまま自然にいる方が、ずっと楽に生きられる。

魔法が解けた後も、自分が変わることのないようにと、私は密かに願い始めていた。

愛に性差はない。

そんなことは分かっていたつもりだが、それは文学などで描かれる至高《しこう》の精神愛なんだとばかり思っていた。まさか自分が実践してみせるなんて、一ヶ月前には想像もつかなかったのだ。

毎晩、夏神を腕に抱いて寝ている。それだけでも驚きなのに、夏神は私の体の欲望が程よく満ちてくると、親切に口で抜いてくれるのだが、何と私はそれを心待ちにするようになってしまったのだ。

このままでいいのか。

男というのは厄介なもので、スポーツでリードしたがるように、セックスでもイニシアチブを取りたがる。私だって例外じゃない。やられているだけで喜んでいるなんて、男としてどうなんだとも思うし、一生懸命に私を愛してくれる相手に対して、それなりの返礼をしなければいけない気持ちになってくる。

私が動いてしまったら、それは関係を完全に認めてしまったということだ。

週のうち数日を夏神の家で過ごしてしまった今になって、認めるも認めないもないのだろうが、私はまだ最後の一線を踏み越えられないでいた。

同性とのセックスなんて、どうやるのか知らない。大学までスポーツをやっていたせいで、合宿中に男の裸なんて嫌というほど見てきている。そんな時に、一度として発情したことなどなかったのだ。

　ましてや運動部内には、男に対して欲情するようなやつをバカにする雰囲気が蔓延していて、少しでもそんな気配が見えたらからかわれた。本当にそういった性癖のある男は、人知れず苦労したことだろう。

　まいったな。なのに私が、この年になって男を抱くことに挑戦するのか。

　まぁ、やり方くらいは知っている。女性の中にだって、ああいった場所でのセックスを愉しむ人がいるくらいだから、そんなに難しいことではないんだろう。

　妻は性的には淡泊だった。

　それともあれは、相手が私だったからかな。

　そうかもしれない。

　区役所で働くようになって三年が過ぎた頃に、知人に妻を紹介された。当時は大学サッカーで活躍していた頃の知名度がまだあったせいなのか、妻のほうが積極的だった。

　何度かデートしたが、まともに女性と付き合ったことなどないので、どうしたらいいのかよく分からない。紹介者もいることだから、迂闊《うかつ》に手を出してはいけないと思い、毎回デートの度に家まで送っていた。

それを妻の両親は、今時珍しいきちんとした若者だと評価してくれたようだ。だが妻としては、二年近く付き合っている間、一度もホテルに誘わない男に対して、いろいろと不満はあっただろう。

時代遅れと思われたかもしれない。自分に性的魅力がないのかと、彼女なりに悩んでいたような節もある。

もしかしたら私は、結婚するために彼女と付き合っていたのかもしれない。それは社会的な常識として、男は結婚するものだと思っていたからだ。彼女を女性として、いや、人間としてどれだけ好きになっていたかは、今でもはっきりと答えられない。

いい家で育った一人娘だ。わがままなところがあるのは当然だろう。女性と付き合うのに慣れた男だったら、これは無理だと早々に逃げ出したかもしれない。だが私はスポーツだけをやっていた純情な若者で、女性というのはすべからくわがままなものだと信じていたのだ。

収入が少ないのも、彼女にとっては不満の一つだっただろう。婚約した時に贈った指輪の大きさに、彼女はひどく落胆していた。いっそあの時に、見限ってくれればよかったのに。

それでも私達は結婚した。

彼女としては焦りもあったのだ。いつまでも煮え切らない私に対して、かなり苛立っていた筈だ。

今さら、どうして失敗したかなんて考えても無駄だ。経験は人を賢くさせるが、気がついた時にはいつも手遅れというのが人生というものだ。

努力して変えられるものだってある。私も妻も、もっと努力するべきだったのかもしれない。それがいつからか、寝室で行われる行為はマンネリ化し、新鮮さもときめきも消え去ってしまった。

セックスなんてしなくても、仲のいい夫婦だっている。二人で静かに老いていくことを、とても自然に行える彼等がどんなに羨ましかったことか。

では、同性だとどうなのだろう。

夏神は私との間に新鮮さが無くなったら、また新しい男を捜すのだろうか。結婚という法的な拘束力のない関係だ。そうなった時には、私はすごすごと夏神のベッドから追い出され、孤独な一人暮らしに戻るのか。

セックス無しだったら、夏神はいずれ私を遠ざけるだろうな。

いや、夏神に追い出されたくないからセックスするというのはおかしい。愛情があれば、男はいつだって発情するものだ。夏神を好きなら、そんな利害を考えたら失礼だ。

しかしどうやって誘うのかな。経験豊富な夏神に任せておけばいいのだろうが、それではあまりにも情けないだろう。ここは男らしく、彼が満足するようにリードするべきではないのか。

見本が欲しい。

恥ずかしいが、そのての雑誌を買う勇気がない。

銀座近辺の本屋は駄目だ。だったらネットの書店を使うか。いや、後で記録が残ったりしていたら、やはり恥ずかしい。

悩んだ挙げ句、私は仕事で出たついでに新宿に寄ることにした。

新宿は久しぶりだ。大学時代には、よく新宿で飲んでいた。あの頃は酔うのに時間がかかって、いくらでも飲めたもんだな。そんなことを考えながら大型書店に入った。

ここなら目立たない。私を知ってる人はそういないだろうし、新宿はゲイバーの多さでは日本一の街なんだろう。そういう人間がいつも買っている筈だから、私がレジでゲイ雑誌を差しだしても好奇心を向けられることはないだろう。

しかしこんなことで自分の勇気を確かめられるなんて、考えてもいなかったな。試練っていうのは、突然に襲ってくる場合もあるんだろうが、今がまさにその試練の時だろうか。

うーん、書店の中をうろついているだけで、充分に怪しいやつになっているな。どうした、私はいつだって反対にいけばうまくいくんだろ。だったら恥ずかしがらずに、堂々と買うべきじゃないのか。

そうだ。ここはいつも買っているみたいに、自然にレジに出せばいい。

それでも羞恥心《しゅうちしん》は隠せず、私はたいして読む気もない経済誌と、行く予定もないのに温泉特集と書かれた旅行雑誌を手にして、その間に問題のゲイ雑誌を巧みに潜り込ませた。

レジは無事通過だ。案ずるより産むが易しだな。人は自分が思っているほど、他人のことは意識しないものなのだ。

「忘れ物ですよ」

「えっ？」

迂闊だな。緊張し過ぎて、自分の持ち物に気がつかないなんて。

「どうもすいません」

笑顔で振り向いた私に、ジムでもたまにしか見かけないような、鍛え抜かれた体をした若者が、紙袋を差しだしていた。

「あっ、それ、私のじゃありません」

落ち着け。ここで買い物するまで、ビジネスバッグしか持っていなかったじゃないか。

「ここの袋は中身が透けて見えるんです。よろしければこの紙袋を使ってください」

「はっ？」

それはご親切にと言いたいところだが、この男、私が何を買ったのか、しっかりと盗み見ていたんだな。

「出張ですか？　よければ新宿を案内しましょうか？」

体は凄いが、顔はどこか幼げな若者だ。

今買ったばかりの雑誌の表紙。確か、こんな男のイラストだったな。

もしかしてこれはナンパなんだろうか。

しかも男同士の。

「い、いや、友人と約束してるんで」

「待ち合わせ？　もし振られたら、電話してください」

あらかじめ用意していたのか、男は電話番号をメモした紙を素早く紙袋に入れると、私に無理矢理押しつけて歩き出す。どうやら自分の自慢の後ろ姿を、どうしても私に見せたかったらしい。

もしかしてもててるのかな。

男に。

笑いがこみ上げてくる。区役所で勤めていた十五年間。女性にももてたことなんて一度もなかったのに、どうしたことだ。

私には男を惹き付ける何かがあるのか。

それともあの占いの夜以来、幸福を手に入れる代償として、男にしか愛されなくなってしまったのだろうか。

まぁ、今さら女性にもてたいとも思わないが、娘に嫌われるのだけは少し辛い。

そういえば妻の家を出て一ヶ月が過ぎたな。一度家に戻って、きちんとしてくるべきだろう。

夏神に愛されて、少し舞い上がっていたようだ。電話もしなかったし、退職金の受け取りの手続きまですべて妻に任せきりだった。

頭を下げるのは得意だ。明日の夜にでも行ってみるか。

そう考えただけで、胃がちりりと痛んだ。

またもや無言の食卓が思い出される。

食事に間に合うことがあっても、誰も私には話しかけて来ない。妻の両親はもちろん、娘もほとんど妻にしか話しかけない。唯一声を掛けられるのは、ご飯のお代わりをするかどうか、ただそれだけだ。

食事をまずいと言ったのは、新婚時代に一度だけだ。食べたこともないおかしなフレンチもどきが出て来て、妻に文句を言った。すると妻はいきなり泣き出し、それからしばらくは私のおかずは出来合いの総菜ばかりだった。

失敗は誰にでもあると慰めたつもりだったが、かえってそれが逆効果だったかな。あれに懲《こ》りて、その後、二度と料理の感想は口にしなくなった。

何も言わないのはいいことじゃない。それは表面上だけうまく収めようとする、誤魔化しでしかないのだ。

区役所でもそんなことばかりやっていた。とりあえずは相手の機嫌を取るというやつだ。夏神に対しては、一度もそんなことはなかったな。あったんだろうか。だったら忘れた。いつだって彼に対しては、本音でぶつかっているような気がするんだが。

夏神の家の食卓を思い出しても、胃は痛まない。それどころか食欲が湧いてきて、いつか私の足はデパートの食品売り場に向かっていた。

「どうしたの、この買い物の山は？」

キッチンに置かれた袋の数々を見て、私より遅れて帰宅した夏神は悲鳴を上げた。

「いや、つい、デパ地下にふらっと寄ったら、あれもこれも食べたくなって」

鰻は好きだ。しかも国産のうまい鰻が食べたい。なのにこれまでは、スーパーで買ってきたのか、やたら脂っこいゴムのようなやつしか食べて来なかった。

だから最上の鰻を買った。

自分と夏神のために、ささやかな贅沢をしたかったのだ。

「それとキャビア。うまいのかどうなのか、よく分からない。失敗だったら謝る」

「ここの製品だったら、外れはないよ。それにしても一缶一万円もするのに、灰原さんらしくない買い物だね」

「俺はそんなけちくさい男だったのか」

「時々大胆だけど、いつもは小心でしょ」

一つ一つ、丁寧に包みを開きながら、夏神は機嫌良く笑っている。

「こんなものばかり食べてると成人病一直線だけど、今日だけは許そうかな」

「ありがとう。それじゃ早速、食べようか」

「新宿？　仕事だよね」

「ああ、保険会社の人とランチしてきた。そのついでに書店に寄ったら、男に言い寄られてね。驚いたな。生まれて初めての経験だったよ」

あのおかしな経験を黙っているのは難しい。問題の本は衣類の中に隠したが、ついナンパされた事実だけを口にしてしまった。

「……それで……どうしたって？」

「素早く電話番号を渡されたな。ああいうもんなのか？」

「電話番号持ってる？」

「いや…捨てた」

夏神の様子がおかしい。顔色が青くなってくるからすぐにわかる。しまった。失敗したかな。こういう話はしてはいけなかったのか。

「……」

何を思ったのか、夏神はいきなり私のズボンに手を掛けて、ベルトを外し始めた。

「な、何をするんだ。やめろって」

「見られて困るようなことした？　したんだろ。書店のトイレ？　それともサウナ？」

「何もしていない。話しかけられただけだ」

「じゃあどうしてそんなに狼狽《うろた》えてるんだよ」

「狼狽えてなんかいないだろ」

いや、狼狽えてるな。あんな本を買ってしまったのが過ちだったんだ。

つまりそういうことなんだと分かったのはいいが、あの男はこの私とそんなことをしたかったんだろうか。

そして夏神も、同じように思っているのだ。

では実践あるのみだが、そうなるとまだ勇気が持てない。

夏神を前にして、ますます頭は混乱してしまう。

「気軽に声掛けられるようじゃ、灰原さん、隙だらけってことでしょう。それともやりたそうに、男ばかり見てた？」

「やめてくれ。俺は、君とでさえ出来ないっていうのに」

「出来ないっていうのは嘘で、若い男にしか興味が湧かないとか？」

「バカなこと言うな。まともに付き合ったのは、嫁さんくらいのもんだ。後は、風俗の経験が少々。その程度の男だぞ」

そうだ。私は狩人じゃない。

健康な肉体を持ってはいるが、性欲を感じるなんてみっともないことだと、どこかで自分を自制していた。

浮気か……。

もしかしたら気がつかないうちに、チャンスは山ほど転がっていたのかもしれない。例えば飲み屋で親しくなった男が、実は私を別の意味で誘いたがっていたとか。または職場にいた女の子が、必要以上に深刻そうに私に相談事を持ちかけてきた時とか。

うまく持っていけば、秘密の愉しみは手に入ったんだろう。

いい夫でいたかった私は、一瞬でもそんな気持ちが湧いてきたら、頭の中でそれを恥ずかしいこととして黙殺してきたのだ。

夏神は苛《いら》ついた様子で、私のズボンのファスナーを下ろす。こんな状況では、肝心のものはしょぼくれたままだった。

「元気ないよね。一度、出したから？」

泣いたような目で私を見つめると、夏神は恨みがましい声を出した。

「してないよ。君は、俺を信じられないのか？」

こんな状況になると、女のような考え方になるのだろうか。それとも夏神はこういう性格だから、男を選ぶようになったのか。

私には彼の気持ちがよく分からない。

分かっているのは、妻は一度として私の不貞《ふてい》など疑わなかったというのに、まだ関係も不確かなのに夏神は、泣きそうになりながら浮気を疑っているということだけだ。

「落ち着いてくれ。本当のこと話すから」

私はずり下がるズボンを抑えながら、寝室へと夏神を誘った。

「こんな本を買った。君に恥をかかせたくなかったし、妻ともここ数年、まともにセックスしてないんだ。何をどうやるか、体が忘れてる」

衣服の中に隠していた雑誌を、私はベッドの上に置いた。それを手にした夏神は、困ったような顔をしていた。

「そんな本を買っている場面を見られたんだろう。すまない。君に焼き餅を妬かせるために、こんな話をしたんじゃないんだ」

「ありがとう……僕のために努力してくれたんだね」

夏神は雑誌を放り出すと、私にいきなり抱き付いてきた。

「こんなことで灰原さんが悩むことなんてないんだ。僕がリードしてあげるから」

「いや、それは、男として情けないだろ」

「覚えるまでだよ。覚えたら、灰原さんは変わる」

抱き付いただけでは、夏神が満足する筈はない。思ったとおり、夏神は顔を寄せてきて私の唇をねだった。

キスすら夏神とするまで、何年もしていなかったんだ。その間に、心がときめくようなことは何かあったかな。

娘の成長。

あれをときめきとは言わないな。

ときめきを忘れたと同時に、男であることも忘れていたような気がする。

スーツを着ているから男なんじゃない。免許証に男性と書かれているから、男というものでもないんだ。

思い出したか。

どきどきする感じだよ。

顔が紅潮し、胸が苦しくなり、そして体中の血液が一気に中心に集まってくるような気がすると、そのことしか考えられないくらいに切羽詰まった状態になるんだ。

溜まったものをこそこそと排泄するのとは違う。

相手と自分が愉しむために、抱き合うんだ。

夏神を抱いたまま、ベッドとの距離を測った。あそこにこの男を横たえる。痩せているように見えてもやはり男だ。体はがっしりとしていて、結構な重さがある。抱き上げて運ぶには向いていない。

「何を考えてるのかな」

唇が離れた途端に、夏神はまた心配そうに訊いてきた。

「僕を見てないね」

「御姫様みたいに扱うべきなのか、それとも柔道の練習相手のように扱うのか、悩んでたんだ」

くすっと夏神は笑った。

笑われてもしょうがないな。ルールが分からないんだから。

いや、ルールなんてものはないのか。

欲望の赴《おもむ》くままに、と、いきたいところだが、残念なことに若い時のように衝動だけでは動けない。冷静なところがあり過ぎて、照れも大きかった。

「その気になってくれただけで嬉しいよ。最初は何もしなくていいから、次は頑張って」

夏神は私のスーツを脱がせ始めた。

「風呂に入ったほうがよくないか」

「気にしなくていいよ。ちゃんとコンドーム使うから」

「あっ、ああ、そうか、男同士でも使うんだ」

「検査はしてる。病気はないけど、使ったほうが気持ちが楽でしょ」

「そういう意味か。そうか、なるほど」

またもや夏神は、くすくすと笑い出した。

泣いたり笑ったり怒ったり、本当に忙しい男だな。そこがまた可愛いと言えば可愛いところなんだが。

「灰原さん、あまり遊んでないんだね」

ワイシャツの釦《ボタン》を外しながら、夏神は嬉しそうに言う。

「遊びって言ったら、簪を買うくらいのもんだったな」

「今からうんと遊べばいい。ただし、セックスは遊びでも駄目。僕以外の誰ともしないで」

「出来るもんか。浮気なんて…いや、これも浮気だったな」

そういえば離婚届を預けたままだった。ここに帰るまでは覚えていたのに、また綺麗に忘れている。

ここは別世界だから、昔を忘れさせる魔力が充満している。一ヶ月しか過ぎていないのに、家を思い出すのも難しい。むしろ自分が育った実家のほうが、ずっと簡単に思い出せた。

「浮気じゃない。本気だよ。灰原さんはもう僕だけのものだ。家に帰ろうなんて思わないで」

「帰るつもりはないよ」

帰っても待っているのは針の筵《むしろ》だけだ。

殴られるような痛みとは違う。ちりちりと突き刺さる針の痛みは、出来ることなら経験したくない。

「一度は、手続きのために帰るけど」

「弁護士が必要なら、いつでも紹介するから」

「弁護士か…そうだな」

「でも今は、そんなことすべて忘れて欲しいな」

「すまない」

夏神を傷つけたくない。そうは思うが、つい思い出してしまった。

いけないいな。男だってロマンティックな気分に浸りたいだろう。特に夏神みたいな男にとっては、大切なことに違いない。

ロマンティックか。今さらだが照れるな。

私の体から衣服を剥ぎ取ると、夏神も脱ぎだした。小さなビキニのブリーフしか穿いていないから、その部分がどうなっているかはっきりと分かってしまう。

夏神はすでに興奮していた。

「座って」

見られていることに気がついたのか、夏神は恥ずかしそうにしながらベッドを示す。

私はベッドに座って、最終的に残っていたトランクスと靴下を脱ぎ捨てた。

セックスするのに裸になる必要なんてない。なのに脱いでいるのは、互いに何もかもをさらけ出すという意味合いだろうか。

そういえば妻の裸を、何年見ていないだろう。一緒に風呂に入るなんてことは、数えるほどしかなかったしな。

夏神の裸は結構見ている。風呂上がりはバスローブ一枚しか着ないで、部屋の中をうろついているし、着替えの時もわざと私の前で裸体を曝《さら》した。

あれは誘っていたからだろうが、今、こうして改めてその体を見ると、不快というよりも心底称賛したくなってくる。男であっても、丹念に磨かれたものは美しい。夏神は自分の体をただ鍛えるだけでなく、男性専用のエステにまで通って磨き込んでいた。

そんなことをするやつは男じゃないと、以前の私だったら思っただろう。

けれど今は思わない。

彼は美しいものを扱う商売人だ。きらきらと輝くクリスタルを扱うのに相応しい自分を、演出する必要があるのだ。それは大統領がいつでも大統領らしく、清潔感に溢れて堂々としているのと同じことなのだ。

「何でそんなに見てるの？」

「綺麗だなと思って」

「灰原さんも綺麗な体してるよ」

「ありがとう。自分の体なんて、スーツを新調する時にしか考えたことがなかったな。ジムに通うようになって、少しはましになったみたいだが、しかし、何だって脱いでやるんだろう」

「おかしなこと言い出すんだから」

夏神は私が座っている前に跪《ひざまず》いた。まだ元気のない私のために、いつものように口で奉仕してくれるつもりのようだ。

「いつもリードされてるな」

「悔しいけどしょうがないよ。灰原さんはまだ僕に対して、本気になっていないんだから」

「本気にはなってる。なっていなければ、あんな本なんて」

「そうだった。ごめんなさい」

謝りながら夏神は、私のものに顔を近づけていった。

「初めてしたのはいつ？」

夏神の髪を撫でてやりながら、私は思わず訊いていた。

「失礼な質問だったな」

答えてくれるかと思ったら、夏神は黙ってそのまま行為を続けた。確かに初めての経験なんて、人にそうそう容易《たやす》く語れるものじゃない。私はデリカシーに欠けてるな。

だが、こんなことを照れもせずにやれて、しかもかなりうまいとなったら好奇心も湧く。

この美しい男は、これまで誰をどんなふうに愛して生きてきたんだろう。そして彼に愛された男達は、何がきっかけで彼の前から姿を消したのか。

男同士の間には、シンデレラの魔法も効き目はない。結婚というはっきりとしたゴールがないのだ。男は永遠の狩人だ。シンデレラが男だったら、彼を幸せにするにはガラスの靴をそれこそ五百足は用意しておかないといけないのだろう。

夏神はシンデレラなのか。

それとも王子。

だったら私がシンデレラか。これはまたずいぶんとくたびれていて、逞しいシンデレラだ。舞踏会よりも武闘会がお似合いだな。

「何を考えてるの？」

どうにも思ったようにならなくて、夏神は諦めたのか口を離した。

「ごめんよ。ついいろんなことを考えすぎて」

男はデリケートなんだ。どうにもならない下半身を持て余すなんて、本当に若いうちだけさ。そりゃあ中には、一年中発情しているような男もいるにはいるが。

「それじゃこうしよう。ベッドに横になって」

私を寝かせると、夏神は床に落ちていたネクタイを拾い上げた。

「バンザイして」

「こうか？」

頭上に腕を上げると、夏神はその態勢で私の腕を縛り上げてしまった。

「いきなりこれはないだろう」

「目を瞑《つむ》って。それとも目隠ししようか」

「普通にやればいいじゃないか」

「理性が邪魔してるから、このままじゃ無理だね。灰原さんは心では分かっているのに、頭では理解しきれていないんだ」

「そうかもしれないが、こんなことしたら余計に醒めてしまう」

「黙って」

こんな時の夏神は、いつもよりずっと男らしい。自分の欲望のためなら、有無を言わせぬ強引さを見せる。

私は命じられるままに目を閉じた。

男のプライドを捨てろと心は命じる。けれど長年培《つちか》った、男はこうあるべきだという観念は、そう易々と私を自由にはしてくれない。

だが全身に這い回る舌先や、優しく撫で回す指先といった夏神の魔法のテクニックは、いつか私から無駄な鎧を取り去ってくれたようだ。

体がリラックスすると同時に、健康な欲望が蘇ってきた。

「そのまま、目を閉じていて」

夏神の体が一瞬だが離れた。私は言いつけを破って、うっすらと目を開いてしまった。

見てはいけないと言われても、愚かな恋人は見てしまうものなのだ。するとそこには驚愕の真実というやつが……。

何もある筈はない。夏神は私のものにコンドームを被《かぶ》せて、自身のその部分に潤滑剤《じゅんかつざい》を塗り込めているだけだ。

そんな場面を見てしまったら萎えるかなと思ったが、その心配は無用だった。私はこれ

まで経験したことがなかったほど優しい気持ちで、夏神が次にどうするつもりか待った。

「はーっ、はっ、ふっ」

寝息も立てないような男が、珍しく粗い息をしている。

激しいスポーツをした後に、クールダウンをしているかのようだ。

「じっとして…そのままで」

夏神は私の体に跨ると、その部分に私のものを飲み込んだ。

驚愕の真実。それはこっちのことだったか。

驚いたな。

「んっ……きつい…」

何とも切なげな声に、私はついに目を大きく開いた。

泣きそうな夏神と目が合った。

「久しぶりだから、きついんだ」

夏神は照れたように言う。

私は手を縛っていたネクタイを急いで解き、夏神の体に腕を回した。

触れたかったのだ。夏神に触れたい。自分を愛してくれている男と、心だけでなく体も
繋がった。だから触れたい。

腰に手を回すと、夏神は泣き笑いの顔になった。

そんな顔をしながら、ゆっくりと体を上下し始める。私のものは夏神にすっぽりと包み込まれて、忘れていた快感を再び味わっていた。

「んっ、んんっ、んっ……」

自分で体を揺すって、夏神は快感を味わう。先端を濡らしている夏神のものが、手の届くすぐ近くにあった。

触って欲しいだろうな。

私は勇気を出して、夏神のものに触れた。

何人の男が、その人生において自分以外のものに触れる機会に恵まれるのだろう。ほとんどの男は、触れたいとは思わないだろうな。この私だって、つい一ヶ月前までは、金を積まれて頼まれても嫌だと断った。

愛という魔法がすべてを変える。

シンデレラのぼろぼろのドレスを、煌《きら》びやかなドレスに変え、かぼちゃを馬車に変えてしまうように、男を愛することなど考えたこともなかった私が、夏神のものを愛《いと》しげにさすっていた。

「あっ……駄目だよ、そんなことしたら……」

「して欲しいんだろ」

「んっ…あっ…」

夏神は感じている。どうやったらあんな快感を手に入れられるんだろう。けれどそれは私の欲しい快感とは違う。

牡の快感。そんな名前で呼ぶのはおかしいかな。私が欲しいのは、ともかくそんな感じのものなんだ。

「触らなくていいから…」

途切れがちな声で、夏神は言った。

震えている口元が可愛い。キスしたいと自然に思った。だから私は体を起こして、夏神の体を抱き締めていた。

「何も…知らないような…ふりして」

唇を重ねようとしたら、夏神はすねたように言った。

そうだな。さっきまでは何も知らなかった。知ろうともしなかった。今、急に私は熱心に学びたくなったのさ。

夏神を抱いてキスしながら、手は休まずに動かし続けた。

「んっ…んんっ」

私の首に腕を回し、夏神は体を揺すりながら、キスの合間にため息を何度もつく。

そんな姿も愛しかった。

「この態勢じゃ辛いだろ」

「えっ……」

「今度は君が下だ」

久しぶりに味わう快感だ。慣れないこんな姿勢で終わりたくない。

男のわがままかな。

貪欲になってはいけないかな。

けれど夏神との最初のセックスを、最高に気持ちよく終えたかった。

夏神の体を横たえた。多少位置は違っても、もう大丈夫だ。男としてちゃんとやれる。

「こんな簡単なことだったのに、待たせて悪かった」

「待った甲斐があったよ……灰原さん…すごく自然だ」

自然か。

そうだな。

それまでいろいろと悩んでいたのが嘘のように、私はリラックスしている。このまま流れに乗って、最後まで一気に駆け上りたかった。

言葉が浮かばない。体は野性の牡になってしまった。理性は徐々に影を潜め、神経はすべてその部分に集中する。

包まれてるんだ。

その部分だけじゃない。

私のすべてが包み込まれている。

そんな気がした。

「あ…、ああっ」

私の手の中にあった夏神のものが急に硬度を増して震え出す。

いきたいんだなとすぐに分かった。

男の体は正直だから、嘘をつかない。本気で悦んでいるのが嬉しかった。

自分がされて嬉しいことを、同じように相手にもしてやるだけのことだ。それですべてがうまくいく。

夏神だって、人の手でいかされたいだろう。

私の手の中でいきたい筈だ。

互いの体の一部を利用して、欲望を分け合う。どちらかが一方的に愉しむということはない。

出してしまえば終わり、それが男のセックスだ。私達は、互いの体の一部に、ほとんど時を置かずにそれぞれの欲望を吐き出した。

遅い夕食になった。シャワーを浴びたままで、夏神はバスローブ、私はTシャツにハーフパンツといういかにもリラックスした姿で、大量に買い込んできた食事をテーブルに並べた。

セックスをした後に、こういった日常が入り込む。その瞬間、魔法は解けてしまって、二人の関係は特別なものではなくなってしまう。

だが悪い意味じゃない。日常もセックスも共有するということは、それだけ親密感が増すということだ。

二人で生きている。そんな言い方は大げさだろうか。

他に言い方が思い浮かばないな。

ともかくセックスは、特別なことではなくなってしまった。相手が男だとか、雇用主だとか、そんなことすらもう関係ない。私は何に怯え、何を迷っていたのだろう。

「シャンパン開けていい？」

夏神はワインクーラーを開いて、自慢のワインコレクションの中からシャンパンのボトルを取りだした。

「今夜だけは、ビールとか焼酎なんて言わないように」

「言ったら追い出されそうだ」

テーブルに並んでいるのは、鰻。そしてキャビア。京都の漬け物。何だ、おこわなんかも買っている。

何を考えて買ったのかな。しかも笑ってしまうのは、コロッケまで入っていたことだ。

「不思議な食卓だね」

「俺の混乱ぶりがよく分かるだろ」

夏神はそれを聞いて笑い出した。

「本当にそうだね。素晴らしい混乱ぶりだよ」

「食べたいものを手当たり次第って感じだ」

「灰原さんの好みが、これでよく分かった。だけどもう少し減塩しないとね。高血圧に気をつけないと」

「すいません。気を付けます」

シャンパンに鰻ってのは、今ひとついただけない。けれどシャンパンにキャビアは最高の組み合わせだった。

コロッケは……言うまでもないな。

「鰻は、うまい鰻を食べたかったからだ。食べたことなかったからね」

箸でつまみながら、思わず独り言のように呟く。

「キャビアもそうだ。憧《あこが》れだけがずっとあった。コロッケとおこわは、恐らく実家の食卓によく出てたものだからだろう。母はスーパーの食品売り場でパートしててね。売れ残りをよく持って帰ったもんだ」

「自己分析？」

「そうだよ。何も考えてないようで、実は人間の行動には意味がある」

そうなんだ。実は占いを信じているように見せかけて、本当は自分の魂の声に耳を傾けているだけなんだろうな。

そんな気がする。

何もかも思ったことと反対をしているつもりが、実はそれこそが自分の望むことだったんだ。

「明日、家に一度帰ってくるよ。妻が離婚届に判子を押したかどうか、確認しないと」

今なら話してもいいだろう。こんな関係になってしまった以上、いつまでもいい加減なままにはしておきたくない。

「ここに帰るって約束してくれるなら」

キャビアを薄切りのフランスパンに載せながら、夏神は感情の伴わない言い方をした。

「帰るに決まってる。あそこは俺の家じゃない」

ではどこに私の家はあるのだろう。

こんなことになるのなら、やはり妻の両親の家で同居するべきじゃなかったのかな。一生の借金になるとしても、自分で家を建てるべきだったのか。

いや、そうじゃない。同居して不快感を募《つの》らせたから、夏神とこうして人生の再出発が出来たんだ。あれはあれで意味があったと考えるべきだ。

「今借りている部屋、いっそ契約を切ったらどう」

シャンパンを飲みながら、夏神は何でもないことのように言う。

つまりここに転がり込めと言うことか。確かに月極のマンスリーマンションだ。いつ契約を切ってもいいようなところだが、そう簡単にはいかない。

「離婚が成立して、妻が再婚出来るようになるまで半年。その間は、すまないが自分の部屋を持っていたいんだ」

それが私に出来るせめてもの誠意ある態度だ。

「いいですよ。部屋を借りるだけ無駄なような気がしたけど、そういう意味だったら、物置代わりにしておけばいいから」

「物置か。以前にいた家では、その物置代わりのスペース分も、俺には与えられてなかったよ」

男達は書斎を持ちたいと夢を見る。実際に小さな書斎を手に入れているやつもいるだろう。けれどそのうちの何人が、書斎に相応《ふさわ》しいことをそこでしているのか。

今は書斎と言っても、パソコンをデスクに置いてあるだけのような気がする。個人的な手紙を書くことはまれだし、書斎で本を読んだりすることもあまりないだろう。何か知的なことをしているつもりになるには、今は読書より手軽なインターネットだ。

それも家族に侵入される。気がついたら年頃の息子がアダルトサイトを閲覧《えつらん》し、日中は妻がへそくりを注ぎ込んでネットで株に昂じている。娘はオークションに血眼《ちまなこ》になり、やっとその家の主がパソコンの前に座れるのは、深夜になってからということだってありそうだ。

一人になってからは、家中が書斎だ。私はこの一ヶ月、読みたかった本を誰に遠慮することもなく、ベッドに寝ころんで読む生活をしていた。

さて、ここで問題だ。

夏神とこのままずっと暮らしたら、私はまた同じように自分の書斎を探さないといけなくなるのだろうか。

それともこの家は、どこもかしこもすべてが私の書斎になるのだろうか。

「灰原さん、何も変わってないね」

「変わる？　ああ……そうだな。色気のない男ですまない」

そうだった。あんなことをした後で、私はまた自分のことばかり考えている。可哀相なことをした。これじゃ、ここに居着く前に追い出されそうだな。

「俺は恋愛には向いてないんだ。嫌になったら、そう言ってくれ」

「こんな状況だもの。大変なのは判っているのに、僕はそこにつけ込んだんだから」

「つけ込んだなんて言わないでくれ」

「だって事実でしょう。灰原さん、結婚がうまくいっていたら、僕なんかに見向きもしなかったと思わない」

「その通りだが、何だか悲しいな」

シャンパンが苦《にが》く感じられた。こんな時に口にする話題じゃなかったな。ではどんな話題が相応しいんだろう。私は新しい会話の糸口を捜したが、見つからないままだった。

「僕のことなら気にしないで。灰原さんは誠意を見せてくれた。それだけで充分」

「一回やったら、それでもういいみたいな言い方だな」

喧嘩なんてしたくない。なのに自分の言葉が、ずいぶんと辛辣《しんらつ》になっているのを感じた。

夏神は傷ついたようだ。下を向いて、寂しげにシャンパンの泡を見つめている。

「ここまで夢中だった。僕も今、実は戸惑ってるんだ。灰原さん、本当は家に戻りたいんじゃない？」

「そんなことはない」

「どうかな。仕事がこのまま続けられたらどう？　きっと奥様もご家族も、別の評価をしてくれるかもしれない」

そんなもの今さら欲しくない。評価とは何だ。少しでも彼等に褒められたら、それでいいということなのか。

「灰原さん、僕はね。素直じゃないんだ。綺麗事ばかり口にする。そういうふうに育てられているから。だけど嘘が下手だから、みんな顔に出ちゃうんだよね」

では、どんな顔をしてる。

夏神は悲しげだ。こんな顔をさせるために、私は彼を抱いたわけじゃない。

「もしここに灰原さんがいなかったら、僕は一人で食事をしてるんだ。何を食べても、たいしておいしく感じられない。ベッドに入るまで、いや、明日の朝になって出社するまで、誰とも話さずに」

「その寂しさは分かるよ。だけど俺は、四人の家族と暮らしていても、似たようなものだった」

ただいま、おやすみ、いただきますに行ってきます。それだけでも言う相手がいただけましだというのか。そんな言葉は、独り言だって充分だ。

「誰かと暮らせたら、それだけで幸せとは限らない。余計に孤独を感じることだってある」

「そうだね。僕にはそんな経験がないから分からなかった。家族が生きていた時は、楽しかったもの」

「俺も実家にいた時は楽しかったよ」

どこかで狂ってしまった人生。妻を責めるつもりはない。やはり私の努力が足りなかったのだ。たとえ返事が返って来なくても、妻の背中に向かってもっと言葉をかけてやるべきだった。諦《あきら》めてしまうのが早過ぎたのだろうか。

「僕は灰原さんに、後悔するような生き方はして欲しくない。こうなったからって縛るつもりはないよ」

「それもまた綺麗事なんだろ」

夏神は答えず、代わりに目元を急いで拭った。

「暗い話は無しだ。せっかく買ってきたんだ。おいしく食べよう」

私は笑顔を作り、夏神にシャンパンを注いでやった。

後悔はしたくない。もし後悔しそうになったら、すべての経験は自分を育てる栄養だと前向きに捕らえよう。

「仕事の話を家に持ち込むのは禁止だろうが、クリスタルを使ったボトルの高級ミネラルウォーター。あれを扱ったからどうだろう」

「一本五千円っていう、ハリウッドセレブ御用達のだね」

その話になったら、夏神はいきなり顔を輝かせた。

「僕もあれは前から扱いたいと思ってたんだよ。日本じゃそんな高いものは売れないと、役員連中は相手にしてくれなかったんだ」

「いや、パーティや結婚式で出せば話題になる。ワインと同じ感覚で売ればいい。俺達はワインを専門に扱ってるわけじゃないが、グラスと一緒に組ませて扱ってるんだし、それが高級ミネラルウォーターになっただけさ」

「そのとおり。やっと分かってくれる人がいた。だから灰原さん、好きだ」

私も君が好きだよ。子供のように素直なんだから。いや、今時の子供は、こんなに素直じゃないな。

光の当たり具合によって、様々に表情を変える、君はまさにクリスタルそのもののようだ。

私に出来ることは、せっせと君を磨いて、今以上の輝きを持たせることなんだろう。

「その企画が通ったら、辞めない？　ずっと側にいてくれる？」

「辞めるなんて、これから俺にどこに行けって言うんだ。いずれはヨーロッパの生産地視察にも同行させてください、社長。海外旅行になんて、何年も行ったことないんで」

「本当？　行こうよ。そうだな、春がいい。冬は寒くて辛いから」

ますます夏神は顔を輝かせ、シャンパンの酔いもあってか頬を紅潮させていた。

こんな顔はセックスのクライマックスと同じだ。

悦びはそのまま、夏神の全身から立ち上る。その輝きを受けると、私も瞬時幸せな気分になれた。

翌日、私は久しぶりに元の家に帰った。

玄関の前で、隣人の主婦に摑まった。噂好きの隣人は愛想よく笑顔を見せる。

「ご病気でしたの？　ご静養でしたか？」

私のどこが病人に見える。確かに体は引き締まり、見ようによっては痩せたように見えるだろうが、顔色なんて実にいい。歩き方だって颯爽としている筈だ。

「いえ…転職いたしまして」

こんな返事が無難なところだろう。

「あら、そうでしたの。区役所、お辞めになったんですか？」

そんなこととうに知ってるだろ。確認のために区役所まで行くような女だ。

「はい、退職いたしました」

いつまでも相手をしているわけにはいかない。私は軽く礼をすると、そのまま玄関に逃げ込んだ。

鍵は開いていた。真っ先に目にしたのは、隣人との話し声で私と分かったのだろう。二階の自室から顔を出していた姑《しゅうとめ》だった。

「綾子。眞利さん帰ったわよ」

二階に向かって叫んでいる。日曜も教室のある妻だが、今の時間だったらまだ家にいると知っていた。

「何よ。来るなら来るって、電話すればいいでしょ」

全身に怒りを滲ませた妻は、化粧っけのない寝起きの顔のまま、足音も荒く階段を駆け下りてきた。

「病院には行ったの？　で、先生は何だって？」

「いや、病院には行ってない。俺は病気じゃないよ」

「あら、だったら現実逃避ってこと？　いいわね、頭が若くて」

「……」

返す言葉を失った。妻はこんなに辛辣な口を利く女だったか。

「ぼうっと突っ立ってないで。お隣に声が聞こえるでしょ」

苛立った様子で、妻はリビングに入った。

帰りたい。

いや、帰ってきたんだが、ここにはもう五分もいられない気がした。夏神が一人で待つあの部屋に、帰りたいと思ってしまう。

「沙也香は？」

そういえば娘はどうしているかと思ったら、妻は呆れたように私を睨み付けた。

「日曜はバレエのレッスンよ。そんなことも忘れたの?」

「あ、ああ、そうだったな」

「娘のことにも興味がないのね」

「そうじゃない。忘れてただけだ」

「あなたには人と話し合う余裕もないわけ? いきなりってどういうことよ」

リビングのソファに座ると、妻は両腕を組み、さらに足まで組んでみせた。そんな態度を示されたら、誰も彼女に反論など出来ない。これまではずっとそうだった。

私は一人掛け用のソファに座った。そして改めて妻を見つめ直し、いけないことだろうが憐憫《れんびん》の情を覚えていた。

「すまなかった。悪いことをしたと思ってる。だが俺には君を幸せには出来ない。申し訳ないが、別れて欲しい」

思ったことと反対をするのは、一ヶ月だった。それも過ぎた今は、思ったままに行動するのがいい。だから私は正直に、本音をそのままぶつけた。

「最初からそうやって話せばいいじゃないの」

「あの時は動転していて」

「それだけじゃないでしょ。スポーツ籤? 何だか知らないけど、あれが当たったんでしよ。お金を手にしたから、逃げる気になったのよね。汚いわ」

「確かにそうだ。半額、あげるよ」

「半額？」

「再就職先も決まったんだ。だから…」

「慰謝料のつもり？」

　駄目だ。会話が続けられない。何を言っても彼女は、自分の納得する答えだけを導き出そうとする。私はそれに答えるだけで精一杯だ。

　これまでずっとそうだった。だからって、これからもそうであり続ける必要なんてない。

「弁護士を立ててきちんとやろう。そのほうがすっきりするだろ」

「弁護士、誰がその費用を持つの」

「俺が出す」

「浮気したの？」

「俺が？」

　したよ。だが浮気じゃない。

　本気だ。

　もしかしたら生まれて初めて、まともに恋らしきものをしているのかもしれない。だが私は経験値が低すぎて、恋を愉しむ余裕もないのだ。

「再就職先ってどこなの。何の連絡も無しで、いきなりそんなこと言われてもね、困るわ」

「『夏神クリスタル』って会社だ。銀座に本社がある」

私は名刺を取りだして、妻に渡した。

「有名なところじゃないの」

私より世間を知っている妻は、その名前を見て驚いていた。どうやら『夏神クリスタル』の知名度に疎かったのは、私くらいのものだったらしい。

「いきなりで渉外部長？」

「頭を下げるのは得意だからな。ともかく仕事は見つかった。後は出来るだけの努力をするつもりだ」

「おかしいわね」

妻は眉間《みけん》に皺を寄せる。女性というのは妙に勘が鋭いものだから、夏神とのことを疑い出しただろうか。

「こんな会社に、いつ知り合いが出来たの？」

「俺だってそこそこ顔は広いさ」

まさかジムでナンパされたとは言えないだろう。そこの社長に惚れられたなんて、言ったところで信じてはもらえまい。

「ともかく後は弁護士をとおして連絡するから」

「他に言うことないの？」

「言っても君は聞いてくれない。どんな非難も浴びる覚悟で来たが、俺も人間なんでね。腹に据えかねて、おかしなことを口走らないとも限らないから」

何々じゃないの？　どうなの？　違うの？　矢継ぎ早に質問するのが、妻の特徴だ。その合間に、それは違うわよねと自分の意見を差し挟む。それに付き合っていたら、私の神経は摩耗《まもう》してしまって、自分を不利に導くことになるのは確かだった。

「それじゃ」

「もう帰るの？」

「ああ、電話でも済むことだったが、直接言うのが礼儀だと思ったから来ただけだ」

それが最低限、私が示せる誠意だと思っていた。けれど今となっては、多少後悔をしている。不快感というお釣りが、しっかりとついてきてしまったからだ。

「荷物は？」

「捨ててくれて構わない」

私のものといったら、くたびれたスーツと何冊かの本くらいのものだ。失って辛いようなものは何もない。そりゃあ多少、愛着のあるものもあるにはあるが、ここで留まって仕分けをするような気持ちにはなれなかった。

「それじゃ」

来たときと同じように唐突に、私は立ち上がりリビングを出る。すると入り口でそっと様子を窺っていた姑が、慌ててキッチンに入り込む後ろ姿が見えた。

「どうもお世話になりました」

誰にともなくそう声を掛けて、私は外に出た。すると隣家の主婦が、たいした用事もないのに庭先に出ているのとまた出くわした。話しかけようとするのを無視して、私はそのまま歩き去った。

見慣れた風景の中を歩いていると、これまでの生活を失ったのだという気がしない。何だかすべては夢で、私はまだこのままの生活を続けているかのようだ。

ある朝目覚めたら虫になっているどころか、昔の私に戻ってしまうのかもしれない。

くたびれたスーツに着替え、この道を歩いてバス停に向かう。バスを降りたらそこは区役所で、電話か直接かの違いはあるにしても、一日が頭を下げることで終わるのだ。

昼食は職員食堂か、近くの弁当屋のホカ弁だ。缶コーヒーを買うか、または食堂の香りは全くなくて、色だけがお茶と呼べる飲み物で喉を潤す。

月に何日かは、それでも同僚と居酒屋に行く。妻の稼ぎがいいという情報は知れ渡っている。しかも家のローンもなく、子供も一人だけだとなると、同僚の間では私が一番多く支払うべきだという空気が生まれていた。実際には小遣いの額なんて、微々たるものだというのに。

たかが数百円かもしれない。それでもつましい役人にとっては、月末の缶コーヒーや煙草の本数に響く。見栄を張るような余裕もなく、何年も新調したことのない財布を開いて、減っていく札の枚数にため息をついた。

あんな生活に戻れるだろうか。難しいだろうな。

贅沢な暮らしというものは、一度経験してしまうと手放したくなくなるようだ。

今、着ているこのジャケットは、以前の給料半月分はする。足にはイタリア製の靴を履き、手には高級ブランドの時計をしていた。

妻が気付かぬ筈はない。きっとｔｏｔｏの当選金で買ったと思っているだろうな。実際は夏神に贈られたものもいくつか含まれている。

王宮に迎えられたシンデレラには、王妃に相応しいドレスや装身具が用意されていたというわけだ。

幸せなシンデレラか。

だがシンデレラ。幸せに酔っていられるのも、最初の数ヶ月だけだぞ。それから後は、また違う新たな努力が必要になってくるのだ。

もう朝から晩まで、床を磨いたり竈《かまど》の掃除をする必要はない。汚れたドレスで、汗だくになって働かなくてもいいだろう。けれど新しい仕事がある。

君は王妃だ。

王子はもう花嫁捜しのパーティに明け暮れている、気軽な若者じゃない。王国を父親から受け継ぎ、日々政務に追われることになる。二人きりになれる夜のベッドの中でも、王の頭の中は政務でいっぱいだ。甘い愛の言葉なんて囁く余裕はない。

それでもどうにか王の愛を繋ぎ止めるために、君は美しくなる努力をしなければいけないだろう。もう煤《すす》だらけの顔をしている不幸な時代じゃない。鏡に映るのは、生まれついての美貌だけだ。

けれどそれだって、そのままにはしておけない。なぜなら魔法使いは、君に永遠の美貌までは約束してくれなかったのだから。

やがて子供も生まれる。世継ぎの誕生に世の中は祝宴ムードだろうが、その頃から二人の間には危機が忍び寄る。

幸せが当たり前になってしまったら、人はもっと欲深になるものだ。王は突然、隣国の領土まで欲しくなって戦争を始めるかもしれない。それともなければ、野心のある美しい女に言い寄られて、ついふらふらと引き寄せられてしまうかもしれないのだ。

そうさせないためには、君はいつも王にとって最高の話し相手であり、唯一の恋人で居続けないといけないのだ。

銀食器を磨くよりも、自分を磨くほうがずっと大変だと、やがて君も気がつくだろう。

物語はそんなところまでは書かれていない。そこまで書かれたら、読んだ女性のうち何人かは、確実に結婚に夢など持たなくなるものな。

まぁ、別に書かれなくても、そんな真実には大人になったら気がつく。

そして女達は、シンデレラを嘲笑うのだ。

今の女性達は、シンデレラになるより魔女になりたいんだろう。そりゃそうだろうさ。たった一人の王子様を捕まえるだけの人生より、王国の運命さえ左右出来る魔女のほうが、ずっと魅力的な存在だものな。

妻はシンデレラになんてなりたいとは、もう言わない。魔女になりたいとは言うな。

最近は男だって平気でシンデレラになりたいと言いそうだが。

私もシンデレラか？

だったらシンデレラに言った言葉は、すべて私に返ってきそうだ。

夏神に嫌われないために、私には新たな努力ってやつが必要になる。ただ灰をかき集めて、卑屈に頭を下げているだけじゃ駄目なんだぞ。より美しくなって、彼と対等に話せるだけの知識を手に入れ、そして……彼が二度と他の男を振り向かないように、性的な魅力を保ち続けないといけないんだ。

ぼんやりと考え事をしているうちに、バス停にたどり着いた。反対側のバス停に、ちょうどバスが停まったところだった。

ふと、娘が降りて来ないかなと思ったが、バスが走り去った後に、見慣れた痩せた姿はなかった。

妻から逃げたことに関しては、あまり罪の意識を感じていない。けれど娘から逃げたことだけは、やはり心が痛んだ。

いつか贖罪《しょくざい》をしなければいけないな。許してくれないだろうが、大人になるまでの間、陰からそっと見守るくらいのことはさせて欲しい。

私の乗るバスがやってきた。いつもの通勤時間とは違っているのに、なぜか運転手は見慣れた顔で、私はまたも寝覚めた時に何もかもが元に戻っているような不安を感じた。

夏神の家に戻らず、私は一度自分が借りている部屋に戻った。何をするという予定があったわけではない。一人でいたかったのだ。

借り物の部屋には、いつまで経っても馴染めない。私物を少し置いてあるとはいえ、家具も電化製品もすべて備え付けで、以前に使用していた人間の陰がちらつく。

さて部屋に戻ったものの、ベッドに横になるくらいしかとりあえずすることがない。天井をじっと見つめていると、考えたくないと逃げていた問題が、ふつふつと沸き上がって私を悩ませる。

日本の男性の平均寿命からいったら、人生のちょうど半分くらいに差し掛かった。そんな年齢になって、今さら男との恋愛を始める自分とは何なんだろう。

悩むくらいなら、最初から飛び込むなと思うだろうが、男というのは時にひどく無分別になって、先のことなど何も考えずに行動してしまうものなんだ。

夏神のくるくる変わる表情を見ているのは好きだ。一緒にスカッシュをやったり、酒を飲みながらいろいろな話題で盛り上がるのも楽しい。一緒にいると時間の経つのを忘れる。

どこか頼りなげで、一人にしておけない。出来るだけ側にいて、笑顔を引きだささせてあげたいと思ってしまう。

セックスは……思っていたよりずっとよかった。照れるな。思い出すだけで、顔が赤くなりそうだ。

理性的でいようと思ったが、そんな必要はなかった。むしろ理性などないほうが、ずっとうまくいくもんなんだ。

「んっ……」

携帯電話が鳴っている。メールが入っていた。妻は私にメールをよこしたことなど、数えるほどしかなかった。けれど夏神は、私が目の前にいない時間、つまらないことで平気でメールしてくる。

案の定、メールは夏神からだった。

『まだ終わらない？』

そう書かれていた。

『終わったよ』

こんなこと電話で話せばいい。メールの返事をするのが面倒だから、いつもそう思う。だが仕事中や人と会っている時に、こっそりとメールをしてくる場合もあるので、メールにはメールで返事をする。それがルールなんだろうな。

『今、どこにいる？』

またもやメールだ。やはりこういうところは女性的だな。居場所を細かくチェックするなんて、男はしないもんだろう。いや、するのか。それが普通なのだろうか。

　これまでの私みたいに、区役所にいるか居酒屋にいるかしかないような男には、居場所のチェックなんて必要ないのだろう。けれど自由になってしまった今、私を気に掛けてくれている夏神としては、居場所の確認が必要なんだ。

　メールの返事をしようと思って、手が止まった。

　どこにいるの。妻はそれすら聞かなかった。ただ新しい就職先の名刺を見ただけだ。誰と住んでいるのなんて聞かないのは、どうせ一人だと思っているからだろう。

　夏神は私を疑う。もしかしたらこのまま家族の元に帰ってしまうのではないか。または街で見かけた若い男と、経験値を積むために出かけてしまうのではないかと。

　私のことを誰よりも気に掛けてくれる男がいる。それが何よりもの救いに思えた。

『荷物を取りに、アパートに戻ってる』

　そう送ってすぐに返事が来た。

『迎えに行くから、待ってて』

「迎えになんて来なくてもいいのに」

　思わず声に出してしまったが、それならいっそ電話をしろということだな。

　思われているのは嬉しいが、一人きりで物思いに耽《ふけ》る時間は許されないようだ。

荷物なんて口実だ。あんな刺々《とげ》しい雰囲気を味わった後で、夏神に優しい笑顔を向けられる自信がなかっただけさ。

家から持ちだしてきた荷物を点検する。わずかの着替えと、最低これだけは捨てたくないと思った本が数冊。

そして娘の写真。

まいったな。娘の写真を見ると、どうしても罪の意識を感じる。だったらこうなってしまう前にもっと努力をしたらと考えてしまって、また同じことの繰り返しだ。

小さなクロゼットには、ここに来てから買ったものが入っていた。スポーツウェアを手にすると、自分を取り戻すために努力を開始した日々が蘇ってきた。

別に夏神のような男に見初められたくて、体を鍛えていたわけじゃない。煤を落とすように、私は自分の体に染みついた長年の疲労と無力感を拭い去っただけだ。

ベッドを直していたら、そこに裸体で横たわっている夏神の姿が浮かんだ。

何を考えてる。もしかして発情してるのか。昨日、初めてあんな経験をしたばかりだというのに。

今の鬱屈した気持ちを、セックスで誤魔化そうとしてるのか。だったら失礼な話だ。私の問題だ。夏神には関係ない。彼が私に対して寄せてくれる純粋な気持ちに対して、それは失礼というものだ。

私はベッドに座り込み、膝に手を置いた姿でじっと心を落ち着けようとした。

だが落ち着けなかった。

夏神は魔法を使う。私のようにくたびれた男に、新たな自信と勇気を与えてくれるのだ。

私が持っている男のプライドなんてものは、思ったよりずっと脆《もろ》い。ガラスのように簡単に砕けてしまう。それを夏神は、見事に修復してくれたのだ。

今、夏神に会いたいと素直に認める。

ささくれだった心のまま会いたくないとここに逃げ込んだが、やはり会ってあの笑顔を見たら、救われるような気がした。

インターフォンが鳴った。思っていたより早いな。もしかしたら夏神は、とうに身支度をして私が帰るのを待ちわびていたのかもしれない。それくらいはしそうだった。

ゆっくりとドアに近づく。迎え入れる時の高揚感で、頬が染まった。

「わざわざ迎えに来てくれてありがとう」

ドアを開いた途端に礼を言った。

夏神は黙ったまま、なぜか部屋の中に入ってきてしまった。

「狭いところだ。何もないよ」

「そういえば、一度も正式に招待されたことなかったなと思って」

「まぁ、そうだな。では、どうぞ」

ペットボトルの水と、ティーバッグのお茶しかない。夏神に飲ませるものもないなと、私は苦笑した。

「何もないんだ」

「でも自由はあるでしょ」

「いいこと言うねぇ。確かに、そうだな。自由だけはある」

自由しかないとも言えるが。

「君はこんな部屋で暮らしたことなんてないだろ」

「イギリスの大学に留学していた時は、結構狭い寮だったよ」

「留学か。言うことが違うな」

「もっといろいろと教えてあげようか？　留学時代にどんなことがあったか」

「いや…」

聞かなくても想像はつく。親元から離れ初めて自由になって、そこでいけないことをいろいろと覚えたんだろう。

「灰原さん、ちょっとは妬《や》いてくれたかな」

夏神は嬉しそうな顔をして、狭いシングルベッドの上に座った。

私もその横に並んで座る。ここで手を握ったり、肩を抱いたりしてやればいいのかな。そういうことがすんなり出来るほど若くない自分が悲しいな。

「どうだった」

「どうって?」

「奥様」

「あ、ああ」

もう忘れてる。我ながら酷い男だな。

「話せる雰囲気じゃなかった」

「そう…それじゃ今から、スカッシュでもやりに行こうか?」

「……」

私は改めて、夏神を見つめた。

何か嫌なことがあった時に、うまく忘れる方法をよく知ってる。体を動かすことは、実に素晴らしいストレス発散方法だ。だけどここでそれを提案してくれる優しさに、ちょっとぐらっときた。

「それからおいしいご飯食べて、ゆっくりお風呂に入って、何か、そうだな。好きなＤＶ

Dとかある？　古い映画でもいいから」

「……」

「ワイン、あまり好きじゃないみたいだし、今夜はおいしい焼酎にしようか？　たまには僕も付き合うから」

慰めが欲しいと思っても、それを口にしたことは滅多にない。肩肘を張るつもりはないが、どこかで諦めないと、辛いばかりだからだ。

だが夏神には、平気で慰めを求めてしまいそうだ。

私は夏神の肩に手を置き、その体を引き寄せてキスをした。

純情なガキみたいだろ。でもみっともないとは、もう思わない。自分が幾つかなんて忘れた。お互いにいい大人だってことも、こんな時には無視しよう。

照れながら、それでも思いを込めてキスをする。それだけでガラスが突き刺さったような、心の痛みは軽くなっていった。

そのままゆっくりと夏神の体をベッドに横たえた。狭いシングルベッドは、男同士で抱き合うにはあまりにも小さい。なのにガキに戻ってしまった私は、自分の情熱を抑えることが出来なかった。

夏神は笑いながら、私のシャツの釦を外し始めた。お返しのつもりで、私も夏神のシャツを脱がしてやる。

筋肉質のいい体をしている。ほとんど無駄な肉がない。完成された大人の体だ。私のように若いときにスポーツをやり過ぎて、偏《かたよ》った筋肉なんてものをつけてもいなかった。

「綺麗な体してるよ」

さりげなく褒《ほ》めたつもりだ。それがよかっただろうか。夏神は嬉しそうにぱっと顔を輝かせた。

「何もしないと太ってしまうから、努力してるんだ」

「知ってる。ジムに三日も通わないことないものな」

「もし忙しくなって太ったら、灰原さん、僕のこと嫌いになるかな」

「関係ないだろ。その頃まで続いたら、お互いに積み重ねた思い出が多すぎて、そんなことどうでもよくなってるよ」

「僕はそこまで誰かと続いたことがない」

「だから、俺といるんだろ」

夏神のズボンを脱がそうとして、何も準備していないことに気がついた。やはりいろいろなものを使わないと、夏神も辛いんだろうな。

「いきなりですまない。いい大人なのに、自制心が働かないんだ」

「気にしないでいいよ。助けるから」

またもやリードされるのか。それも何だか申し訳ないな。

だったらやってみるか、勇気を出して。

出来ない筈がない。夏神だってやってる。自分がされて気持ちいいことは、相手も同じように気持ちがいい。そんなことは分かり切っている。一方的にやってもらっているのはフェアじゃない。

そう思って関係を一歩進めた。そしてこれからは、さらに関係を進めるだけだ。

私がそこに顔を近づけたと知ると、夏神は何でとおかしな悲鳴を上げた。

「無理だって。しなくていいから」

「してもいいだろ」

「出来ないよ」

「してみないと分からない」

「嫌だ。それで嫌われたら…」

夏神は両手で顔を覆った。

「これまでの相手は、それで逃げたのか？　違うだろ」

「そうじゃないけど」

「君に出来て、俺に出来ないってのはないだろ。スカッシュと一緒だ。やり方を覚えたら、少しはうまくなるんじゃないか」

「だけど僕は女性には決して出来ない。灰原さん…無理なら止めても怒らないから」

男は元来、性的な好奇心は強いものさ。

だがいつもより余計勇気が必要だった。

あの占い師に見てもらってから、勇気のいることの連続だな。

うむ、確かにこれは冒険だ。

鰻を頭から食べてるようなものだと言ったら、夏神はさすがに殴るだろうか。

「口の中にも性感帯ってあるんだ。でも僕は、灰原さんにそんなことまで学習して欲しくない」

安心しろ。とてもそこまで学習出来る余裕なんてないさ。

喉の奥までくわえ込むべきなのか。そうすると吐き気がしそうだな。夏神はうまいもんだ。やはりキャリアが違う。

「ねぇ、一緒にやっていい？」

焦れったくなったのか、夏神は体の位置をずらして私をベッドに誘った。

何度も思ったが、またもや私はベッドの狭さに絶望的になる。普通より大柄な男二人が寝るには、このマンションの備え付けベッドは向いてない。

私の足は、ベッドから出ていた。ここで寝る時は、体を曲げないといけない。朝方には、よくベッドから落ちて目覚める。

そんなところで二人、いったい何をやっているのだ。

ぎしぎしと音がする。日曜の昼間だ。住民はそろそろ起き出す頃か、またはぼんやりとテレビでも見ているんだろう。

そんな時に、この音だ。

自分のしていることのあまりの非日常さに、私は危うく笑い出しそうになった。けれど口は笑いのために用意されていない。

夏神を愉しませるためにある。

同じことを開始した夏神の巧みさに、私は動きを止めた。

やはりキャリアが違うな。

イギリスに留学中に覚えたのか。キャンパスには、夏神好みの男がいたんだろうか。その男は私に似ていたのかな。

別れる時に、夏神は泣いただろう。

でも別れてくれてありがとうだ。そのおかげで私の居場所が残されている。

動きを再開すると、微かな苦みが感じられた。そろそろかな。夏神のように飲むなんて大胆なことは、私には出来ない。それでも慣れない舌を蠢かせていたら、夏神は私の顔をそっとその部分から離した。

「もういいよ。気持ちよかった」

「最後まで…」

「いいんだ」

夏神の目が潤んでいる。たいして感じはしなかっただろうが、感動はしてくれたようだ。

そのまま夏神はベッドを降りると、床で俯せになった。

そんな姿を見ていると、互いの立場がすっかり逆転して、私が夏神を支配しているかのようだ。

「濡れてるうちに入れて」

「……」

何とも扇情的《せんじょうてき》な言葉だな。

そんな言葉を男が口にして許されるのは夏神だけだ。

夏神の綺麗な背中を撫でた。すると小さな嗚咽《おえつ》が漏れてきたので、私は夏神の性感帯が背中にもあることを学習した。

その部分をかき分けて、ゆっくりと挿入する。夏神は近所に遠慮しているのか、いつものように甘い声をあげることはなかった。

妊娠した女性以外、人間はその体内に他の人間を招き入れることは出来ない孤独な生き物ではあるが、セックスの瞬間だけは繋がることが出来る。

心の繋がりのほうが大切だと知っていても、やはりこの瞬間は何ものにも代え難い。温もり、ただそれだけが欲しいわけでもないのに、夏神の体の温かさが愛しかった。

最高級のボトルには、ダイヤのようにカットされたクリスタルが散りばめられている。中身はヨーロッパの山奥の泉水で、硬水だが口当たりはまろやかだ。

これが一本五千円のミネラルウォーター。

信じられないことに、売れているのだ。

「バセラ社製のミネラルウォーターです。日本では現在、輸入代理店が一社、取り扱っているだけです」

渉外部長のくせに、私はその翌週の会議で、生意気にも新商品の取り扱いについてまで発言していた。

「中身はただの水なんだろ？　こんなもの誰が買うんだね。それともこれはボトルだけの値段なのか」

ミネラルウォーターは一本だ。みんな手にしているが、中身を飲ませてくれとは誰も言い出さない。けれどボトルを手にした専務は、今にも飲みたそうにしていた。

先代の社長から仕えている専務は、何かと夏神に風当たりが強い。自分では鍛えているつもりなんだろうが、どうみてもいびりにしか思えない。

自分の目の黒いうちは、若社長の好きにはさせないとでも思っているのだろう。

どこにでもいるんだ。名刺に書かれた肩書きだけで、自分が偉くなったような気でいるやつが。そいつらが会社を駄目にする。役所だって同じだ。現場の意見は、肩書き付きのやつらには通らない。

「灰原部長。君はまだ商売というものがよく分かっていない。日本でそんなものが売れると本気で信じてるのか」

「はい。売れると思います。中身は衛生基準を満たした、国際的にも評価の高いミネラルウォーターですし、美や健康に意識の高い方でしたら、ワイン代わりに飲まれると思います」

夏神はこのミネラルウォーターを売りたいのだ。『夏神クリスタル』に相応しい、セレブ御用達の高級品だ。これを扱うことによって、店のイメージはぐっと高級感が増す。

「年に何本売れるかねぇ」

「たいした数売れなくてもいいんです。高級ワインは、製造数も多くありません。それでも皆、奪い合うように買っていきます。それと同じですよ。稀少価値というものがすでにイメージとしてあるのですから、それを『夏神クリスタル』が扱うことに意義があるんですよ」

専務は困ったように苦笑いしながら、会議室の面々を見渡す。

可哀相に夏神は、ここでずっと飾り物の社長をやっていたのか。

「自分で買うとしたら、躊躇《ちゅうちょ》するかもしれません。ですが贈答品として貰った場合はどうでしょう。またはパーティの時に、話題性を持たせるとなったら、多いに役立つと思います」

「あのな、灰原君。君、社長のお気に入りかもしれんが、うちには営業部というものがあって、立派に活動しているんだ」

「お言葉ですが、営業部が二の足を踏んでいるから、私があえて提案しているんです」

ざわっという感じで、会議室の空気が揺れた。

夏神はもう泣きそうな顔になっている。

だが私もここで引けない。夏神が扱いたいと願っているのに、どうして諦める必要があるのだ。

「それじゃあ、灰原君。営業部に異動したらどうだ」

専務は夏神を無視して、まるで自分がこの会社の代表でもあるかのように、傲慢な態度で言った。

「待ってください。私としては、灰原部長には、いずれ他部署への異動の考えもあります。出来ればすべての部署を把握してもらって、もっと総合的な役職について欲しいと思っているからです」

夏神の突然の発言に、またもや会議室の空気は大きく揺れ動いた。

そこまで言ったら言い過ぎだ。いくら何でも、それは過大評価というものだ。

「灰原部長はシンデレラですな。結婚式のガラスの靴のアイデアだけで、大抜擢というわけですか？」

どうしてこの男は、嫌みな言い方を止めないのだろう。むかついたが、頭を下げるのに慣れていた。私は表情を変えないまま、黙って他のメンバーを見まわした。

おい、ただぼうっと専務の言うことに頷いているんじゃない。

専務はそのうちに退職するんだぞ。発言はするが、実権をすべて握っているわけじゃない。最後には夏神の印がなければ、この会社は何も動かないんだ。

誰を大切にするべきか、もっとよく考えろ。

私は夏神に忠誠を誓う。そう決めたんだ。だから仕事で、出来るだけのことをしたいと思っている。

売れないから売らないんじゃなくて、売りたいから売っていく。どうしてそういう発想にならないんだろう。

「売れないから売らないではなくて、売りたいから売っていく。そういう考え方は皆さんにはないのですか」

あっ、思わず口に出してしまった。

こんな会議は慣れてない。だが、出来ないではなくて、出来るようにと考えるのがこれまでの私の仕事だった。

物を売るのだって同じだろう。それは無理ですと最初に言ってしまったら、何にも出来ないし動かない。もしかしたらもっと素晴らしい可能性があるかもしれないのに、潰してしまってどうするんだ。

「あの…よろしいですか。そのミネラルウォーターでしたら、海外のセレブがよくパーティで利用しているので話題になっています。それと日本でも、有名な女性タレントが飲んでいて、女性誌でちょっと話題になっていました」

横浜店の女性店長が、遠慮がちに発言した。

「たとえ売れなくても、売り場に飾っておけたら素晴らしいと思います。私も自分では勇気がなくて買えないですが、プレゼントにいただけるならぜひ欲しいものの一つです」

素晴らしい。三十代半ばのその女性店長の意見は、尖っていた場の雰囲気を一気に和ませ、なおかつ皆に前向きの姿勢をとらせた。

「まぁ、金粉入りってだけで、何万もする酒もありますからね」

営業部の男性社員が、阿《おもね》ったように言った。

いいぞ、それでいい。

「その女性タレントを、ＣＭに抜擢したらどうでしょう。もちろん売るのは水だけじゃない。水のように美しいクリスタル。ダイヤモンドには手が出ない若い女性にも、セレブ気分を味わわせる。それが『夏神クリスタル』の使命だと思いますが、注目度が集まれば」

「灰原部長、そんなことはとうの昔からやっている。素人の君に言われなくても、とうにやってるんだ」

「そうですが、では、何年も同じような宣伝戦略なのはどうしてですか？」

私がぼんやりと遊んでいるとでも思ったか。仕事を始めてから、これまでかなり勉強している。それでもまだ区役所よりましだ。なぜなら、毎回、頭に血を上らせて、怒りを向けてくる住民を相手にするよりはずっと平和だから。

クリスタルの輝きは変わらない。生鮮食品とは違って、半永久的だ。だからといって、商売までも旧態然としているのはいかがなものか。

「バセラ社のミネラルウォーターを売ろう。そのためのプロジェクトを、ここで立ち上げるということでどうかな。責任者は私と灰原部長。一般の社員からもアイデアをつのる」

夏神は社長らしく、落ち着いた口調で言った。

「シンデレラ君。売れなかったらどうするね。責任取るだけの覚悟はあるのか？」

「専務、それは今言うことではないと思いますが」

真っ赤な顔をして、夏神は抗議した。

「社長、私は先代からですね。この会社を守るようにと言われて」

「でも、今の経営者は私です。責任を取れということは、専務、私に向かって言っているのと同じことですよ」

そこまで言ってしまうと、夏神の体からふっと力が抜けた。

そして夏神は、私に向かって笑顔を向けた。

すっとした。そう言っているかのようだ。私もすっとしたよ。

何だってこの男は、夏神を追いつめるんだ。それは先代の社長が、自分を後任の代表取締役に指名しなかったことへの腹いせか。

「やるとなったら灰原部長。バセラ社に連絡を入れて、どれだけの数が用意出来るか確認して。バセラ社のボトルに使われているクリスタルは、スバロフスキーだ。昔から取引のある会社だから、そちらからアクセスしていってもいい」

夏神はいかにも社長らしく私に命じる。

「分かりました」

私は静かに微笑む。

少しは役に立てたかな。

そうか、君は一人で戦うのが辛くて、同士を求めていたんだな。恋人で友人で部下で同士。何にでもなれる相手が欲しかったんだ。

見初められたのがダンスパーティの会場ではなく、ジムだというのが私らしいが。

「灰原部長、お客様です」

営業の社員、それにそのまま残った横浜店の店長、さらに夏神を交えてバセラ社のミネラルウォーターについて打ち合わせをしていた私は、階下にある店舗のスタッフから呼び出された。

「私ですか？　どんな方？」

「女性ですが」

「クレームかな。失礼します」

つい先日、電話でクレームを受けた。その相手かと思って、私は階下の店舗に降りていった。

「……」

名刺を渡したのは軽率だったか。

そこにいたのは、着飾った妻だった。

「本当にいたのね」

皮肉な笑いを浮かべていたが、妻は私の全身を眺めて少し顔つきを変えた。

ここで灰原の妻でございます。いつも主人がお世話になってなど、口にされたら大変だ。

私は妻に近づき、その耳元に顔を寄せていた。

「何の用？」

「いるかどうか確かめに来ただけよ」

「だったら外に出よう」

私は携帯を取りだし、クレームの客と外のカフェで話しをするからと夏神に伝えた。それを聞いていた妻は、一瞬、恐いくらいの不機嫌な表情を浮かべた。

「ケーキが旨《うま》いって評判の店がある。そこでいいだろ？」

「そんなお店を知ってるんだ…」

「毎日通ってるんだ。覚えるさ」

店の近くにある洒落たカフェに、妻を案内した。

これで店のスタッフに、余計な話を聞かせないですむのでほっとした。

「私はコーヒーで。君は？」

妻はメニューに載っているケーキを選び、紅茶を注文する。ウェイトレスが離れると、途端に会話は途切れた。

「区役所で知り合ったの？」

「えっ？」

ぼんやりと窓の外を行く人々を見ていた私は、妻の言葉の意味が分からずに顔を向けた。

「あそこ、綺麗な女性が多いわね」

「……女性？」

「店員さん。あの中に、あなたの新しい彼女がいるの。あっ、それとも新しくないのかな」

「何を言ってるんだ？」

もしかしてとんでもない誤解をしているのか。

まぁ、あながち間違いだとも言えない。あの中に私の本命はいるんだから。それにしても女ってやつは、妙に勘が鋭いもんだな。

「誤解されるとスタッフが気の毒だ。はっきり言っておく。そういう女性はいない」

女性はいない。

これは事実だ。

「隠しても無駄よ。あなたみたいな男が、家を飛び出すなんておかしいと思ったのよ。そんな理由でもなければ、何も出来ないくせに」

「どんな理由だ」

「彼女に子供でも出来たの？」

「人の話を聞いてないな。いないって言ってるだろ」

「ムキになって…」

じゃあ調べればいいとは言えないな。そうなったら逆に夏神との関係がばれてしまうかもしれない。

それだけは避けたいことだ。夏神に迷惑を掛けたくない。彼だって秘密は大切にしておきたいだろう。

「ｔｏｔｏで金を当てたから、新しい人生を手に入れたかっただけだ。君ら家族にとっちゃ、俺がいようがいまいがそんなに変わらないだろうが、俺もこれで自分を持ってるんでね」

「そんなの嘘よ。あなた、変わったわ」

「変わってないさ。元々が、こういう男なんだ」

そうだ。大きく何が変わったっていうんだ。私は私でしかない。

「じゃあなんで、家にいる時はあんなにもっさりとした恰好だったの。そのスーツ何？いつ、どこ買ったの？」

「先週、英國屋で買った」

茶とグレーのストライプのスーツだ。それにグレーのシャツを着て、緑のネクタイをしていた。こんな恰好は派手かなと思うが、会社に来てしまうと違和感がない。

見立てたのは夏神だ。

毎日、スーツは着替えること。そう命じたのも夏神だ。

銀座の本店に立ち寄るような客は、それなりのクラスの人間だ。ちらっとその姿を見られるだけでも、『夏神クリスタル』は社員までも美しいと思わせないといけない。

それが夏神の持論だ。そのせいか、確かに女性スタッフもみんな、清潔感があって綺麗な女性ばかりだった。

「別れるつもりはないから。裁判するのもいやよ」

出たな。

最悪の結果だ。

金でうんとか言うような女じゃないし、第一、私にあるのは当選金だけだ。原因はいろいろあるとはいえ、実際に身勝手に家を出たのは私だから、これは明らかに不利な戦いだな。

「でも、戻るつもりはないよ」

「彼女と同棲してるの？」

「そんな人はいないって」

彼とは半同棲だ。夏神は寂しがりやだから、今では毎日、一緒にいる。妻の顔を一ヶ月の間、何時間見ただろう。夏神を見るのは、ゆうにその一ヶ月分を一日でクリアしそうだ。

ケーキと飲み物が来て、私達は再び沈黙した。その合間に、私は夏神からのメールが入っていたので確認した。

『今、どこ?』

こっちもまた、おかしな誤解をしていそうだな。私は隠し立てすることなく、今の居場所をただちに送った。

妻がケーキを食べ始めたので、コーヒーを飲む。

このコーヒー一杯で、缶コーヒーだったら五本分だ。そんなつまらないことを考えるのは、私がこれまでは週のうち五日の贅沢だと思っていたものを、一日で消費してしまう人間になれたんだとしみじみ感動していたからだ。

結婚とは何だろう。

家族のために我が身を犠牲にする。そんなことは当たり前だと思っていた。だが金だけ入れても、感謝もなければ優しくされることもなかったら、意味を見いだせというほうが難しい。

そりゃ昔は、力の強い男が働かなければ、家族全員が飢え死にだったさ。マンモスを狩り、麦を植え、屈強な肉体を酷使して一日働く男しか、妻を娶《めと》る資格がなかった。

だが文明ってやつは、そんな男達の生き方も変えてしまった。

年頃になっても結婚せず、実家に居続ける男達が増えているというが、これからはもっと増えるだろう。

そして夏神と私のようなカップルも、増えていくのに違いない。

セックスが生殖の意味を持たなくなってしまったら、残るのは人間同士の関係だけだ。

夏神といるのは心地いい。

男の責任から逃げたのは認める。

幸せに感じているのが罪だと言われるなら、私は素直に糾弾《きゅうだん》の矢面に立とう。

「やぁ、どうも」

嗅ぎ馴れたコロンの香りに私は顔を上げ、そこに夏神の姿を発見した。そして気まずさにひどく真面目な顔を作ってしまった。

「ご一緒してもよろしいですか？」

夏神は素晴らしい笑顔を妻に向けた。

妻は慌てて、ケーキで汚れた口元を拭い、少し乱れた襟元を直した。

「あ、どうぞ」

妻に席を示された夏神は、私の横に座った。

「『夏神クリスタル』代表の夏神と申します」

そつなく夏神は、妻の前に名刺を差し出した。

「社長、クレームなどと申しましてすいません。女房です」

女房なんて言い方をしたのは、何年ぶりかな。言われた妻もびっくりしてるだろう。

「そうでしたか。お綺麗な方ですね。ここはミルフィーユがおいしいんですよ。食べる時に崩れてしまうのが難点なんですが、よろしければもう一ついかがですか?」

最高の笑顔と甘い声で、夏神は言った。

普通の女だったら、これでくらっとくるだろうな。珍しく妻の耳も赤くなっている。

不思議な気分だ。この色男は、何十人という美女を雇い、夜には接待で銀座のクラブにも顔を出し、皆に注目されているというのに、なぜかこんなくたびれかけた私が好きなんだものな。

「いえ、もう」

「そうおっしゃらず、これから銀座でショッピングでもなされれば、食べた分のカロリーは充分消費しますよ」

夏神はウェイトレスを呼び寄せ、自分の分と一緒に妻にもミルフィーユと飲み物を追加した。

「再就職でお世話になりましたのに、ご挨拶にも伺わず失礼いたしました。私、こういう仕事もしておりますの」

フラワーアレンジメント講師と書かれた名刺を、妻はバッグの中から取り出す。その様子には、誇らしさが感じられた。

「美しいお仕事ですね。あなたにお似合いですよ」

ん…奥様って言わなかったな。夏神と一ヶ月以上付き合ってるが、知り合いの妻を奥様と呼ばなかったのは初めてじゃないか。

どうしてそんな些細《ささい》なことが気になるのかというと、にこやかな夏神の全身から、ハリネズミが背中の毛を逆立てたような危険な雰囲気が感じられたからだ。

それからしばらく夏神は、妻に仕事の話を質問していた。こういうところは実に如才ない。妻には自分の職業を鼻に掛けているようなところがあるから、話をさせたらいつまでも話している。

聞き上手な男というものは、好感度が高い。本人からしてみれば、女の長話に付き合うなんて忍耐以外の何ものでもないのだが、それが出来る男は女にももてるんだ。

区役所で学んだ最大のことは、聞き上手になれということだ。怒りの余り、口角泡飛ばしといった状態で話している相手も、黙っていい分を聞いてあげているうちに、最後にはお世話様でしたの一言を返してくれるようになる。

私と夏神は、どっちが聞き役だろ。どちらかというと私が聞いているが、時には夏神も私の話を聞いてくれた。

それがパートナーというものだろう。

相手に平気で背中を向け、生返事しか返せなくなったら、二人の関係は終わりということだ。

夏神ご推薦のミルフィーユが運ばれてくる。何層にもパイ生地が重なっていて、中にはクリームが塗られていた。確かにこれを綺麗に食べるのは難しいだろう。

妻は明らかに緊張している。美しい男の前で、無様な姿を見せたくない。それが女心というものなんだろうな。

私の前では、平気で大口でシュークリームをぱくついていたが。

夏神は優雅な仕草で、ナイフを巧みに使って食べ始めた。

驚いた。美的にかなり洗練された男だと知ってはいたが、こんな面倒臭いものまで綺麗に食べられるのか。

「食べるの難しいわ。二個目だし、あなた食べて」

あろうことか、妻は食べかけのミルフィーユの皿を私に差しだした。

かなり崩れている。

これを私に食べろと。

これまで一度として、こんな頼み事をされたことなどない。

第一、妻だって、私の残した料理を口にしたことなんてないじゃないか。

「灰原部長、無理しなくていいですよ。甘いものはあまり得意じゃないでしょ」

夏神が救いの手を差し伸べてくる。

私はほっとしたが、その瞬間、これは実は妻に対するいびりかなと思えた。

爽やかな印象の夏神だが、こと恋愛絡みになると、意外に手強いやつなのかもしれない。

私も見事に絡め取られたが、この男を敵に回したらどうなるのだろう。

「美しいものは、すぐに壊れますからね。私共の扱っているクリスタル製品もそうです。先生が扱ってらっしゃるお花もそうでしょ?」

先生? 確かに先生は先生だが、そう呼ばれて妻は、満更でもない顔をしていた。

フラワーアレンジメントといっても、そんなたいした教室じゃない。最初は区役所内の無料教室で初め、今では知り合いのフラワーショップの二階で、近所の主婦を集めてやっているようなものだ。

それでも先生は先生だが…そうか、こうやって妻を認めない私も悪いんだな。

「シンデレラのガラスの靴。どうして魔法使いは、わざわざあんな壊れやすい靴だけを、魔法が消えた後も残したんでしょうね」

何だ、夏神は私と同じようなことを言っている。それとも私が口にしたことを、結婚式の時に手伝ってくれた女性スタッフから聞いたのだろうか。

「あれは、愛が実はガラスのように壊れやすいものだという象徴のように、私は思うんですよ」

それは私の台詞《せりふ》だったんだが、そうか、取られたな。

いきなりシンデレラの話をされて、妻は何も答えられずにぼんやりしている。自分ではかなり頭がいいつもりでいるが、こんな時に気の利いた返事が出来るタイプじゃない。どう答えたらいいのか分からないんだろう。

「クリスタルも花も、優しく扱わないと駄目なものですよね。大切にしないと、ほんの小さな衝撃でも壊れてしまう」

夏神は綺麗にミルフィーユを食べ終えると、口元をペーパーナプキンで拭った。そして紅茶を一口啜り、満足そうに頷いてカップに戻す。

それだけの動作を見守っている間に、私はさらに気がついた。

妻に対して、思いきり毛を逆立てていると。

「壊してしまってから、人はその大切さに気がつくんでしょうが、クリスタル製品の修復は難しいです」

「あの…主人は家庭の事情など、もう話したんでしょうか」

やっと夏神の言葉の意味に気がついた妻は、私をちらっと睨んでから聞いた。

「離婚なさると聞きました。プライベートなことに口を挟む権利は私にはありませんが、どうか灰原さんのことは、あまり御心配なさらないように。私が責任を持って、彼を支えてまいりますから」

「どういった理由で、主人を雇ってくださったんですか」

妻の顔には、不信感が溢れている。

それはそうだろう。いきなり乱入してきただけでなく、こんなことまで言われたのだ。

「灰原さんは埋もれていたダイヤモンドの原石です。私は、たまたま見つけたので、誰かに奪われないうちに急いで拾って帰りました」

またおかしなことを。夏神が言ったのでなければ、おかしさにぷっと噴き出されるだろう。

「あの、この人のどこがダイヤモンドの原石なんでしょうか?」

妻は得意の質問攻撃に入った。

「本当は攻撃力もあるのに、黙って頭を下げ続けることが出来る男性だからです。うちに就職してからの灰原さんをご存じないでしょう。この業界に入ってきたのが初めてとは思えないほど、素晴らしい仕事ぶりですよ」

「そうなんですか？」

疑わしげに妻は私を見ている。すると夏神は、妻に気付かれないように、そっとテーブルの下で私の足に触れた。

「でも彼が生き生きと出来るには、理解者が必要です。ダイヤモンドの原石だって磨かないと光らない。クリスタルもそうですよ。放置されたままでは、曇っていくばかりです。それだけじゃない。乱暴に扱われれば傷だって出来ますよ」

「一方的に、主人の話だけ聞いて判断されても困ります。無責任じゃありませんか。子供もいるのに」

今度は夏神を見て、妻は攻撃的に言った。

「じゃああなたは、御自分の責任を完璧に果たしたと自信がおありなんですね。おかしいな。灰原さんのように、知的で感性豊かな方が、そんなことに気がつかないなんて」

さすがにこれには、妻も怒ったようだ。

「言い過ぎましたか？　私にとっては、灰原さんはなくてはならない存在なので、彼をこれ以上不幸せな目に遭《あ》わせたくないんです。そのようにご理解ください」

「……なんか、二人して私を非難してるみたい」

「いえ、灰原さんは我慢強い男ですから、思っていても口にはしません。僕は我慢はしない人間ですから、欲しいものを簡単に手放したり、傷つけたりは出来ないので」

「……」

妻は一瞬押し黙り、そしてふっと笑った。

それまでは怒っていただけに、笑うというのは無気味だ。

「勘違いしてたわ、私。そうか、女じゃなかったのね」

やはり女の勘は鋭い。私は焦ったが、夏神は平然としていた。

「そういう関係？　どうなの、あなた？」

妻の質問攻撃は、今度は私に向けられた。

「何？　何だって」

私はあくまでもとぼける。

「そうよね。ダイヤモンドの原石ですって。磨けばってことは、そういう意味かしら。もしかして区役所にいた時からなの？」

「待ってくれ。何の話だ」

「灰原さん、先生は僕らの関係を疑ってるんだよ」

夏神はさらりと言ってから、私の足にまた触れる。

試されてるのか。

二人から。

嘘をつくことだって出来る。言い逃れだって出来る。なのに正直であれと、私は試されているんだな。

「ある日、魔法使いの占い師と会ったんだ。彼が言うには、幸せになりたかったら、一ヶ月間、何でも思ったことと反対にやってみろだった」

「そんな話で誤魔化して」

「いや、最後まで聞いてくれ。そのとおりにしたら、籤が当たった。家を出るのも、あの言葉がなければ出来なかった。そして夏神社長とも、出会えなかっただろう」

「何でも反対なの。それじゃわざわざ嫌いな人のところに行ったわけ？」

そういえばそうだな。そういう意味での逆じゃない。

家族は嫌いだったから家を出たが、夏神は好きだから側にいたんだ。それではすべて反対だったとは言い難い。

「そんなのはあなたのご都合主義でしょ」

「そのとおりだ。俺は占い師の言葉を信じたふりをして、実は自分の思ったとおりに行動していたのかもしれない」

「元々そうだったの？」

「えっ…」

「男性のほうがよかったの？」

「いや…彼だから…夏神社長だから、そうなったんだ」

あっさりと妻の術中にはまってしまったな。自ら暴露してしまった。

夏神はそんな私を褒めているのか、太股を優しく撫でてくれた。

「だが、それは離婚届を渡した後だ。それでも不貞だというんなら、裁判所でそう言ってくれ」

「優秀な弁護士を用意するから、安心していいよ。それと先生。娘さんの養育費を、充分に払えるように、彼の給料は保証しますから」

夏神は伝票を手にすると、紅茶がまだ残っているのに席を立った。

「今夜はスバロフスキーの支社長と飲む予定だ。出来るだけ早めに戻って。それでは先生、これで失礼させていただきます」

出て行く夏神の体からは、コロンの香りが漂う。

同じことに妻も気がついただろう。

「シャネルを使ってる男性って、そういう趣味なの？」

憎々しげに言ったが、私は即座に否定した。

「そういう偏見は、有名ブランドに対する侮辱《ぶじょく》だ。彼は一流のものが好きなだけだよ」

だから私も一流なんだと言えるほど、まだ私も図々しくはなかった。

ある朝目が覚めたら、私は蝶になっていた。

いや、本当に蝶になったわけじゃない。だが巨大な虫になって、家族から無視されて死ぬようなことはなく、蝶のように自由に飛び始めたということだ。

腕の中には、美しい男がいる。裸にコロンだけつけて眠るなんて、死んだ有名女優みたいだな。それが似合っているのはさすがだ。

「そろそろ起きないと。洸一、今日は撮影だ」

私は夏神の体を揺すった。

二ヵ月が過ぎる頃には、名前を自然に呼べるようになっていた。

洸一っていうのは、いい響きだな。夏神を名前で呼ぶのは好きだ。それが許されるのは、家の中だけだが。

「起きろよ。あのタレント、機嫌が悪くなると面倒らしい」

「んーっ、大丈夫。ミネラルウォーター、一年分届けるから、それで彼女は逆らえない」

私の体に抱き付きながら、夏神はまだ眠そうにしている。

日本人のうち、三分の一は知っていそうな有名タレントが、今日、『夏神クリスタル』のイメージキャラクターとして、最初の仕事をする。雑誌などに掲載する広告の撮影だ。

私達もその現場に同行する。きっとプライドの高いタレントは、夏神を一目見て、絶対に手に入れたいと思うだろうな。

ＣＭを通して知り合った、銀座の老舗店舗の独身社長、しかも特別のいい男だ。やっと見つけた本物の王子様と張り切るだろうな。

「ほらっ、起きて。起きないなら先に行く」

「嫌だ。一人にしないで」

「甘えてる場合じゃないだろ」

最近、少し幼児化してるみたいだな。それだけ緊張感がなくなって、安心してるんだろうか。

私は夏神の腕を引き離し、そのままバスルームに向かった。

「待ってよ。起きるから」

専務が夏神に辛く当たる気持ちも少しだけ分かるようになった。夏神の幼い頃を知っているんだ。こんな甘えっ子だった夏神を見ていれば、つい老爺心というやつも芽生えるさ。

自分が悪者になって頑張ろうとしてくれたんだろうが、本当の悪者になってしまったのが残念だな。

「シャワー、ほらっ、浴びて」

まだ眠そうにしている夏神をシャワーの下に立たせて、お湯をかけて体を洗ってやった。

これではまるで、子供と風呂に入っているようだな。

「父は忙しかったんだ。それに銀座のクラブに愛人がいて、あまり家に帰って来なかった」

突然夏神は、私に向かって過去を暴露する。

「そんなこと、今、言わなくても」

「いいんだ。母はいつも悲しそうにしてた。だから僕はね。結婚に懐疑《かいぎ》的になったんだと思う」

「そうなのか」

「そうだよ。幸せが欲しくて結婚したのに、不幸になったら意味がない」

可哀相になんて私は言わない。その程度のことは、誰でも経験している。日本中の夫婦で、いったい何組が死ぬまで幸せな夫婦でいられると思っているんだ。

「でも信頼出来るパートナーと一緒に暮らすのは、そんなに悪くないってこの頃思うようになった。ある意味、僕らの関係は結婚と同じだね」

「そうかな」

「疑うの？　もし奥さんと暮らした時間より、僕とのほうが長くなったら、きっと眞利にも分かるよ」

夏神も私を名前で呼ぶ。それがまた嬉しかった。

離婚問題は調停中だ。妻は意地になっている。女ではなく、男に夫を奪われたことは、やはりショックだったらしい。

だが離婚の直接の原因はそれじゃない。私は夏神とのことを弁護士に聞かれても、恥ずかしがらずに堂々と話す。

悪いことをしているつもりはない。

悪いのは、黙って逃げ出したことだけだ。

「ミネラルウォーターは売れるよ。だけど最初の一年だけだ」

夏神は私の体を申し訳程度に洗ってくれながら、確信を持って言った。

「後は定着したリピーターが、どれだけいるかで勝負だな。でもその頃には、『夏神クリスタル』の名前は、マスコミで流されているから、それでいい」

「じゃあ次は？　次は何を売る？」

「高級品の次は、もう少し安価なものだ。好奇心で集まった客が、気軽に買えるようなもの。それともっと高額なもの、オリジナリティのあるもの」

まだ眠いせいでハイなのか、夏神はいつになく朝から饒舌《じょうぜつ》だった。

「髪の毛、洗って」

「ああ、分かってる」

経営者かと思えば、子供に戻る。まさに多面カットのクリスタルだな。光の当たり具合で色が変わる。

「サプライズ企画は？　うまくいった？」

「ああ、制作者にこんな短期間でって怒られたけどな」

タレントのサイズで、ガラスの靴を作った。それを履くことを、彼女はまだ知らされていない。きっと驚くと同時に、それをプレゼントされると知って新たに誤解する筈だ。

夏神は女達にとって、ある意味残酷な存在だ。とても魅力的な王子様なのに、女達が何足ガラスの靴を落としても、決して拾おうとはしないのだから。

「ほらっ、王子様。洗ったから、乾かして」

「眞利がやって」

「ドライヤーくらい使えるだろ」

ガキじゃないんだからと言いかけて止めた。

失ったものを求めているんだ。男が結婚相手に、いつの間にか恋人より母親の姿を求めてしまうように、夏神は私に父親か優しい兄の姿を求めているんだろう。

甘えられるとついその気になってしまうのもいけないな。

だが元の妻のように、一度も甘えてくれないのも嫌なものだ。

寄り添って生きるからには、甘え、甘えられ、どっちもあってちょうどいい。

私は先にバスルームを出ると、すぐにバスタオルとドライヤーを準備する。タレントが惚れ込まないように、わざと少し乱してやろうかと思ったが、そんなことをしても夏神がいい男であることに変わりはなかった。

撮影は順調だった。案の定、彼女は夏神に熱を上げたが、夏神は社長の顔を崩さない。如才なく、撮影終了後には食事に誘ったが、それもスタッフ全員で、彼女は早々にマネージャーの命令で家に帰らされてしまった。

「帰り、ちょっと寄りたいところがあるんだ。いいかな」

タクシーに乗り込んだ途端、私は夏神に頼んでいた。

「珍しいね。まだ飲み足りない？」

「いや、そうじゃなくて」

この時間だったら、もしかしたらまた出ているかもしれない。私は以前よく行った居酒屋のある駅名を告げた。

「千円の投資にしては、戻りが大きいな」

私は眠そうな顔で外を見ていた夏神に、それとなく話しかけた。

「千円？」

「千円だってあの頃の俺にとっちゃ、貴重な小遣いだったんだ」

その千円を受け取っても、たいして嬉しそうにしていなかった占い師。彼は今でも、あそこに座っているだろうか。

いつもお礼をしなくちゃと思っていたが、気がついたら二ヵ月が過ぎてしまっている。

タクシーを降りた私は、またもやこれが何もかも夢で、起きた途端に霧散してしまうような不安にかられる。

それくらいそこにいる占い師の様子は、あの日と全く変わっていなかった。

「すいません。これだけ観て貰えるかな」

私はその男に一万円札を渡した。

「金額が多くても、占えることに差はありませんよ」

相変わらず無愛想な占い師は、私をちらっと見上げて言った。

「いいんだ。以前、あなたに観てもらって人生が変わったから、これ、ほんのご祝儀」

「それはどうも」

どうやら私の顔も覚えていないらしい。男は生年月日を書くようにと紙を差しだし、続いて申し訳程度に私の手相を見た。

「ああ、仕事は順風満帆ですよ。ただし結婚線が乱れてるから、奥さんから急に離婚を言い出されるかもしれません」

「いや、それは…」

半分当たっていて、半分外れだな。

「賭け事は二度とやってはいけません。それとかなりの色難《しきなん》が出てます」

「色難？　どれ、どの線？」

夏神は真剣な表情で覗き込んでくる。

「いえ、顔にです。あなたもいい男だけど、色気が足りない。この人は色気だらけです」

「そりゃ、逆だろ」

どうして私が色難で、夏神に色気が足りないんだ。おかしいじゃないか。

「いや、逆じゃない。眞利、鏡でちゃんと顔を見たことある？　最近、自分が変わったって思わない？」

「思わないさ。俺は俺だ」

二人の言い争いをじっと聞いていた占い師は、それとなく夏神の顔と手を見ていた。

「ついでにあなたも占って差し上げます」

「ありがとう」

こんな時には、夏神は実に鷹揚だ。

「手を開いて……肉親の縁が薄いですね。でも立派な結婚線がありますよ」

ほらね、やっぱり当たらないだろうと、夏神に言われるかと思った。だが夏神は、うんうんと頷いている。

「結婚線って、実際に結婚するって意味じゃないですよね」

「はい。結婚するくらいに、深い情愛が生まれるって意味です」

そうなのか。私が知らなかっただけなのか。夏神は知っているらしくて、嬉しそうにしている。

「仕事は、こちらも順風満帆。ただし女性の恨みをいっぱい買いそうだな」

その程度だったら、いくらでも予測がつく。これだけの色男だ。一人の女を選んでも周りから妬まれるし、選ばなければ冷酷と非難される。

だが妻やあのタレントのこともある。外れているとは言いづらい。

つまりはこれが商売の秘訣なんだろうな。それとなく匂わせておけば、何かが当たるというわけだ。

「何か開運の方法はありますか？」

また反対になどと言うかと思ったら、占い師はひどくまじめな口調で言った。

「これ以上、欲をかいたら、せっかくの良運が逃げてしまいます。人にはそれぞれの器があって、幸福の量は決まってるんですよ。あなた達は、もういっぱいいっぱいで溢れそうだから、これからいいことがあったら、少しずつでも社会に還元しなさい」

見かけはたいしたことはないが、この占い師、やはりいいことを言う。

まさに正論だ。

「ねぇ、シンデレラの魔法は十二時で消えたけど、どうして一番壊れやすいガラスの靴だけは残ったんでしょうか。どう思います？」

私は、ぜひこの占い師の意見を聞いてみたかったのだ。

「はっ、ガラスの靴？　あれはね。ペローの創作ですよ。元は栗鼠《りす》の毛皮で作られた靴、または金の靴だったのを、ペローが訳し間違えたみいですね」

「えっ……」

若いのだか年寄りなのだか分からない占い師は、実に博識だった。

私はその言葉に、自分が唱えていた壊れやすさが愛の象徴なんて説を、見事にひっくり返されてしまった。

「まぁ、皆さん、アニメでしか知らないでしょうから。あれだって、シンデレラのドレスや馬車は家にあったものを加工したけど、靴だけは魔法使いがくれたものでしたからね」

「そうだったっけ」

「そうですよ。最初からあれは、シンデレラのものじゃなかった。だから魔法の規定外。そんなところじゃないですか」

夏神が笑っている。

その笑いは私にも伝染した。

何だか、どうでもいいことに理由付けしたがるのは、悪い癖だと思い知らされたようだ。

「靴を脱ぐというのは、性的なニュアンスもありますよ。ガラスは壊れやすいから、処女性の象徴でもありますし、そんなことまで解説したら、うるさく思われそうなのでこのへんで」

「いや、もっと聞いていたいな。そこで缶ビール買ってきますよ。よければ、一緒にどうですか」

夏神は、とんでもないことを言いだした。

こんな生き生きと笑う夏神の顔は好きだ。好きだから、私も一緒に愉しむことにしよう。ガラスだろうと金だろうと、もうどうでもよくなった。ようは簡単だ。不幸せだったものにも、いつか幸せはやってくる。それだけの単純なストーリーが、世界中で愛されているというだけのことなのだ。

私も信じた。

そして、幸せになったんだと思う。

後書き

いつもご愛読ありがとうございます。

今回はまた、渋いオヤジ話となりました。ですが、私にとっては、こんな年齢の男性でも、充分に若者なのですよ。

おかしなもので、歳を重ねる毎に、自分の許容範囲も広がるようです。お若い方にとっては、三十代後半なんて、もう立派におじさんでしょう。

おじさん世代だって、いろいろと大変です。そこでおじさんのシンデレラストーリーを考えてしまいました。

まぁ、この話、ボーイズなのにやたら結婚の話が出て来ます。未婚の方々は、読まれたら多少ショックを感じるかもしれませんね。

私はそんな不幸な結婚なんて、絶対にしないと思われるでしょう。

そうです。結婚が不幸なわけではありません。選ぶ相手を慎重にお選びになればいいということですよね。

そして結婚も、今や異性の間だけのものではなくなりました。結婚という名前はなくても、同性間のパートナー関係を、婚姻関係と同じようにするという法律が、世界の数カ国で実施されております。

最近ではイギリスが法改正し、（あのイギリスですよ。その昔は、同性愛者に過酷な刑罰で臨んだ国です）有名なポップスターのエルトン・ジョンや、ジョージ・マイケルが堂々と同性のパートナーとの結婚宣言をしています。

では、結婚とは何でしょう。

シンデレラの靴とは、何なのでしょう。

女の子だったら、一度は夢見るシンデレラストーリー。いじめられ、不幸のどん底にいた娘が、魔法の力を借りて本来の美しさを取り戻し、王子様に見初められて幸せに。

そこでストーリーは終わります。

その後、本当にシンデレラは幸せだったかは、どうでもいいことかもしれませんが、少しは気になりませんか？

結婚はゴールではなく、出発ですよね。それから新たな、苦難の旅が始まるんです。

だけどお伽噺には、そんなものは必要ありません。その続きは、文学でどうぞ、と、いったところですね。

ボーイズをずっと書いておりますが、絶対的条件があるのをご存じですか？

余程のことがないと、アンハッピーはＮＧなんです。つまりシンデレラは王子様と幸せに暮らしましたとさ。目出度し、目出度しで終わらないといけないのです。

確かにそうでしょう。ボーイズは夢の読み物。ラブコメ漫画や映画と同じく、手にとって下さった皆様に、甘い夢をお届けするものですから。

毎回、男達の幸せと付き合っています。

その後のストーリーを書く機会は、そうそうあるものではありませんし、読者様も望まれないでしょう。

けれどいつも心では思っています。

あなた達、いつまでも一緒にいたかったら、努力と忍耐が必要なのは、男女の結婚と同じなんだよと。

ボーイズは現代のお伽噺、ファンタジーですが、私にとってキャラクターは横丁に住んでる顔なじみのようなものです。

紙面が尽きたその後も、ずっと幸せでいて欲しいです。

どうか魔法が解けても、いつまでも幸せでいてください。そんな気持ちになってしまうんですよ。

最近、パートナーというものについて、いろいろと考えるようになりました。

人はどうして、一人で生きていくのが難しい生き物なのか。

大好きなミュージカルの中の歌に、こんなものがありました。

人は昔、一つの体に二つの魂を宿していた。それが神様によって引き裂かれ、以来、人はその引き裂かれた魂を持つ半身を、求め続けているのだと……。

あなたは半身をもう見つけましたか？

シンデレラを見初めた王子様は、果たして本当に、彼女の魂の片割れだったのでしょうか。

世界中にシンデレラストーリーに似たお伽噺があります。それが支持されているということは、きっと誰もが同じようなことを夢見るからでしょう。

ガラスの靴はペローの創作だということですが、原本となる話を訳す時に、間違えたという説もありました。

お伽噺の真実、調べてみると意外なことが出てくるものですね。

イラストをお願いいたしました石田育絵様。初出の小説ジュネ掲載時からお世話になっております。ご迷惑お掛けいたしましたが、素晴らしいイラストをありがとうございます。

編集部の小澤様。いつもご迷惑をお掛けいたしておりますが、ご配慮に感謝いたします。そして読者様。いつも私の拙い夢に付き合ってくださり、ありがとうございます。夢見る年頃は過ぎても、まだ夢の途中にいるような気がしますが、あなたも同じようだと嬉しいです。

剛　しいら拝

CRYSTAL BUNKO
クリスタル文庫

シンデレラを嗤え
C－109

著　者　剛《ごお》　し　い　ら
発行者　深　見　悦　司
発行所　成　美　堂　出　版
印　刷　大盛印刷株式会社

ISBN4-415-08894-5
乱丁、落丁の場合はお取り替えします
定価・発行日はカバーに表示してあります

クリスタル文庫

剛しいら
●シンデレラを嗤え
イラスト 石田育絵

剛しいら
●虜（りょしゅう）囚
イラスト 稲荷家房之介

桜木知沙子
●ストロベリー・ハウス・フォーエバー
イラスト 山田ユギ

桜木知沙子
●雨の上がる場所
イラスト 山田ユギ

和泉　桂
●秘めやかな契約
イラスト 松本テマリ

和泉　桂
●情熱の甘い棘
イラスト 蓮川　愛

榎田尤利
●普通の恋
イラスト 宮本佳野

榎田尤利
●普通の男《ひと》
イラスト 宮本佳野

榎田尤利
魚住くんシリーズ①
●夏の塩
魚住くんシリーズ②
●プラスチックとふたつのキス
魚住くんシリーズ③
●メッセージ
魚住くんシリーズ④
●過敏症
魚住くんシリーズ⑤
●リムレスの空
イラスト 茶屋町勝呂